最美文

陈晓辉　一路开花 / 选编

裹着白色刘海的初恋

图书在版编目（CIP）数据

裹着白色刘海的初恋 / 陈晓辉，一路开花选编.
—北京：中央编译出版社，2017.1
ISBN 978-7-5117-3162-3

Ⅰ.①裹… Ⅱ.①陈… ②一… Ⅲ.①随笔 – 作品集
– 中国 – 当代 Ⅳ.① I267.1

中国版本图书馆 CIP 数据核字（2016）第 260079 号

裹着白色刘海的初恋

出 版 人	葛海彦
出版统筹	贾宇琰
责任编辑	邓永标　舒　心
责任印制	尹　珺
出版发行	中央编译出版社
地　　址	北京市西城区车公庄大街乙 5 号鸿儒大厦 B 座（100044）
电　　话	（010）52612345（总编室）　　（010）52612371（编辑室） （010）52612316（发行部）　　（010）52612317（网络销售） （010）52612346（馆配部）　　（010）55626985（读者服务部）
传　　真	（010）66515838
经　　销	全国新华书店
印　　刷	北京紫瑞利印刷有限公司
开　　本	710 毫米 ×1000 毫米　1/16
字　　数	206 千字
印　　张	14
版　　次	2017 年 1 月第 1 版第 1 次印刷
定　　价	29.00 元

网　　址	www.cctphome.com　　邮　箱　cctp@cctphome.com
新浪微博	@中央编译出版社　　微　信　中央编译出版社（ID：cctphome）
淘宝店铺	中央编译出版社直销店（http: // shop108367160.taobao.com）（010）52612349

凡有印装质量问题，本社负责调换。电话：（010）55626985

目录
CONTENTS

第一辑　那个曾经偷偷喜欢你的男生

　　木鱼馄饨（文/林清玄）…… 002
　　在春天里寂寞的歌（文/李赟）…… 005
　　那个曾经偷偷喜欢你的男生（文/郭紫雯）…… 012
　　亲爱的牛顿先生（文/阮小青）…… 018
　　初恋菜单（文/澳大利亚）…… 025
　　在风中飞扬的头发（文/冷焰）…… 031
　　青春也有难以启齿的秘密（文/告白）…… 034

第二辑　我们一起喜欢过的女孩

　　爱尔兰的约定（文/宋敏）…… 040
　　毕业记（文/马朝兰）…… 047
　　青春楼阁正斜阳（文/马丽华）…… 049
　　我们一起喜欢过的女孩（文/罗静）…… 056
　　裹着白色刘海的初恋（文/何东）…… 063
　　如果你懂少年心（文/代孔胜）…… 069

第三辑　有些秘密经不起风吹

在大树下温柔的秘密（文/柏俊龙）……076
你知道许安然的电话吗（文/郑沈倩）……083
有些秘密经不起风吹（文/夏丹）……090
零下十九度（文/李兴海）……097
一杯咖啡喜欢你（文/代孔胜）……103
十七岁的暗战（文/李赟）……109

第四辑　一条没有给过你温暖的围巾

每个少年都有过谎言（文/夏丹）……116
被虚度点亮的青春（文/王万龙）……120
海和鱼的秘密（文/一路开花）……123
寂寞的十七岁（文/何东）……129
一条没有给过你温暖的围巾（文/马丽华）……135
青梅竹马流水去（文/郭紫雯）……141
关于黄白蓝的一切（文/告白）……148

第五辑　仅是一朵花开的时间

靛蓝小孩（文/罗静）…… 156
爱在课堂上睡觉的姑娘（文/宋敏）…… 162
仅是一朵花开的时间（文/一路开花）…… 168

第六辑　我最亲爱的"敌人"

一棵开花的树（文/马朝兰）…… 176
自卑也美丽（文/柏俊龙）…… 182
青花瓷的密语（文/杨宝妹）…… 186
我最亲爱的"敌人"（文/林轩）…… 191
小城记忆（文/李亚利）…… 195

第一辑

那个曾经偷偷喜欢你的男生

虽然你从来都没有注意过我,可我还是打心眼里感激你。因为你的出现,我才有了那么多丰富斑斓的青春记忆。我真的毫无抱怨,毫无情绪。因为我早已知道,暗恋本身就是一次不求回报的牺牲。

木鱼馄饨

文 / 林清玄

气人意畅，神与境合。

——明·王世帧

四年多以前，我客居在临沂街，夜里时常工作到很晚，每天凌晨一点半左右，一阵清越的木鱼声，总是响进我临街的窗口。那木鱼的声音非常准时，天天都在凌晨的时间敲响，即使在风雨来时也不间断。

刚开始的时候，木鱼声带给我一种神秘的感觉，往往令我停止工作，出神地望着窗外的长空，心里不断地想着：这深夜的木鱼声，到底是谁敲起的？它又象征了什么意义？难道有人每天凌晨一时在这附近念经吗？

在民间，过去曾有敲木鱼为人报晓的僧侣，每日黎明将晓，他们就穿着袈裟草鞋，在街巷里穿梭，手里端着木鱼滴滴笃笃地敲出低量雄长的声音，一来叫人省睡，珍惜光阴；二来叫人在心神最为清明的五更起来读经念佛，以求精神的净化；三来僧侣借木鱼报晓来布施化缘，得些斋衬钱。

我一直觉得这种敲木鱼报佛音的事情，是中国佛教与民间生活相契的一种极好的佐证。

但是，我对于这种失传于阊巷很久的传统，却出现在台北的临沂街感到迷惑。因而每当夜里在小楼上听到木鱼敲响时，我都按捺不住想去一探究竟。

天空中落着无力的飘闪着的小雨，我正读着一册印刷极为精美的《金刚经》，读到最后"一切有为法，如梦幻泡影，如露亦如电，应作如是观"一段时，木鱼声恰好从远处的巷口传来，我披衣坐起，撑着一把伞，决心去找木鱼声音的来处。

我追踪着声音的轨迹，匆匆地穿过巷子，远远的，看到一个披着宽大布衣，戴着毡帽的小老头子，他推着一辆老旧的摊车，正摇摇摆摆地从巷子那一头走来。摊车上挂着一盏四十瓦的灯泡，随着道路的颠簸，在微雨的暗道里飘摇。一直迷惑我的木鱼声，就是那位老头所敲出来的。

一走近，才知道那只不过是一个寻常卖馄饨的摊子，我问老人为什么选择了木鱼的敲奏，他的回答竟是十分简单，他说："喜欢吃我馄饨的老顾客，一听到我的木鱼声，他们就会跑出来买馄饨了。"

我不禁哑然，原来木鱼在他，就像乡下卖豆花的人摇动的铃铛，或者是卖冰水的小贩手中吸引小孩的喇叭，只是一种再也简单不过的声音信号。

是我自己把木鱼联想得太远了，其实它有时候仅仅是一种劳苦生活的工具。老人也看出了我的失望，他说："先生，你吃一碗我的馄饨吧，完全是用精肉做成的，不加一点葱菜，连大饭店的厨师都爱吃我的馄饨呢。"

我于是丢弃了自己对木鱼的魔障，撑着伞，站立在一座红门前，就着老人摊子上的小灯，吃了一碗馄饨。在风雨中，我品出了老人的馄饨，确实是人间的美味，不亚于他手中敲的木鱼。

后来，我也慢慢成为老人忠实的顾客，每天工作到凌晨的段落，远远听到他的木鱼，就在巷口里候他。吃完一碗馄饨，才开始继续我一天未完的工作。

和老人熟了以后，才知道他选择木鱼做为馄饨的讯号有他独特的匠心。他说因为他的生意在深夜，实在想不出一种可以让远近都听闻而不至于吵醒熟睡人们的工具。而且深夜里像卖粽子的人一样大声叫嚷，是他觉

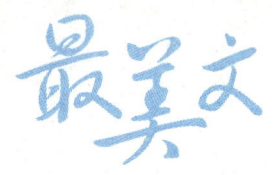

得有失尊严而有所不为的，最后他选择了木鱼——让清醒者可以听到他的叫唤，却不至于中断了熟睡者的美梦。

木鱼总是木鱼，不管从什么角度来看它，它仍旧有它的可爱处，即使用在一个馄饨摊子上。

我吃老人的馄饨吃了一年多，直到后来迁居，才失去联系。但每当在静夜里工作，我仍时常怀念着他和他的馄饨。

有一天遇到老人，他还是一袭布衣，还是敲着那个敲了三十年的木鱼，可是老人已经完全忘记我了，我想，岁月于他来说只是云淡风轻的一串声音吧。我站在巷口，看他缓缓推走小小的摊车消失在巷子的转角，一直到很远了，我还可以听见木鱼声从黑夜的空中穿过，温暖着迟睡者的心灵。

木鱼在馄饨摊子里真是美，充满了生活的美，我离开的时候这样想着，只要有它的伴奏，有时读不读经都是无关紧要的事。

（原载《文苑》（经典美文）2013年第2期）

谁的清音覆我华裳？谁的华裳覆我肩膀？那首关于时间的歌，就这样唱出了结局。

在春天里寂寞的歌

文 / 李赟

青春是可以浪掷的,但是人却不可以,有些人一旦错过了,就是一辈子的事。

——佚名

现实型的骨感

余修迪长的不算丑。斯斯文文,干干净净,还会玩两下吉他,属于经得起时间考验的耐看型文艺青年。

因此,连余修迪自己都想不明白,在这个丑男横行恶霸当道的三流院校里,为什么自己的爱情总是失败失败再失败?

想了足足大半月,余修迪总算摸出点门道。大体来说,男生可以分成两类。一类是小说型,一类是现实型。小说型的男生,属于神话人物,通常都是帅哥+有钱+有才+浪漫+正义+善良……

现实型的,大多都是一半有一半无的可怜虫。有貌有才的,家徒四壁,一贫如洗;腰缠万贯的,则往往歪瓜裂枣,不堪入目。

余修迪属于前半种现实型。人长得不错,算是有点才,但实在穷得叮当响。每次和心仪女生约会采用的都是最经济型战略,逛足球场。

原本有个女生对他印象不错,似有继续发展的动向,但被他领着在热

火朝天的大正午干逛了几天足球场之后，便彻底逃之夭夭了。

为了改善现状，彻底结束大学剩男的尴尬局面，余修迪决定奋发图强，洗心革面。除了白天参加勤工俭学之外，晚上他还坚持做点小买卖，用以储备粮草，制造爱情信号弹。

在大学门口摆地摊的人不算少，如何使自己的地摊变得受欢迎呢？余修迪想了一夜，终于有了个好办法：买货送歌。

谁要买一件东西，不论价格高低，都可以免费点一首现场版的吉他弹唱。

救世主许菲菲

许菲菲已经连续三个晚上来点歌了。按理说，有人如此光顾生意，余修迪是该高兴的，但个中苦楚，只有余修迪自己明白。

许菲菲每次来这儿，都是买最便宜的东西，点最有难度的歌曲。连续唱了三天的《青藏高原》之后，余修迪彻底拜服了。

当夜，许菲菲刚走过来还没站稳，余修迪就哭丧着脸起身了，大姐，我求你饶了我行不？小弟实在吃不消了。这几天赚你的那点钱，我赔你还不成么？

许菲菲一听这话，狡黠地笑了，哥们儿，想哪儿去了？我不过是想让你明白，这碗饭要吃下去可不容易。但是呢，上天有好生之德，大姐是不会赶尽杀绝的。说白了，我这儿倒是有一碗好吃的饭，就看你有没有勇气端了。

什么饭？余修迪有点好奇。

还是唱歌，不过，所得利润是现在的五倍。许菲菲说这话的时候，还不忘从口袋里拿出一沓钞票甩得噼啪作响。

这时候的余修迪真是穷得有点脑袋短路了，几乎想都没有，就答应了许菲菲的要求。五倍，要知道五倍是什么概念。余修迪现在吃着冷风扯着嗓子叫卖一晚上，利润也不过就十几块钱。五倍，一天那就是五十多块，一个月就是一千五百多块，一年就是……

余修迪不能再往下想，他觉得他的脑袋有点发胀，不然眼前这位身高不足一米六的许菲菲，光辉形象怎么会突然暴增至一米八呢？

要命的饭碗

余修迪真没料到，许菲菲所说的饭碗会是这个样子。不然，他宁可穷死饿死，也不丢这个人。

许菲菲让他每天晚上八点准时去女生宿舍楼下唱歌。吉他得带音响，打扮得帅气，唱歌得撕心裂肺，不然，就得扣钱。

帅气？怎么帅气？我就两套衣服。一套军训的迷彩服，一套学校后来补发的校服，你说穿哪套吧？余修迪没想到，端着碗饭还得来点前期投入，因此情绪显然有些激动。

许菲菲果然是个豪爽人，二话没说，拉着余修迪直奔市区步行街。西服，休闲，运动，各买了两套。

许菲菲说了，周一到周六各换一套，周天休息，不用上班，想穿迷彩穿迷彩，想穿校服穿校服，返璞归真。

人靠衣服马靠鞍，换了新衣之后的余修迪，霎时英气勃发，挺拔潇洒。

周六，晚上八点，穿一身白色西服的余修迪彻底让女生宿舍炸开了锅。他抱着一把红棉吉他在一阵春风和尖叫声中深情演唱：《月亮代表我的心》。

不到三天，许菲菲就彻底成了学校的风云人物。八卦的女生们纷纷上网发帖讨论，清冷的学校论坛，瞬时火得不能再火。

千变帅哥雨中唱，为谁痴情为谁狂？余修迪刚进网吧打开电脑，就看到了这条今日热帖。余修迪看着照片中惺惺作态的自己，差点没吐出来。

当夜，他给许菲菲打了电话，强烈控诉许菲菲的种种罪行，说这次炒

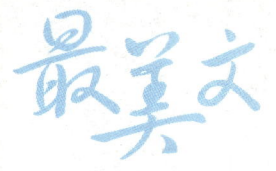

作已经彻底摧毁了他的个人幸福,要求解除合约。

电话那头的许菲菲,顷刻暴跳如雷,丫的,你现在才跟我说这些?我管你,反正合约上写的是一年,唱不满一年,你就等着收律师信吧!

同病相怜

余修迪骑虎难下,只好硬着头皮继续。不过,歌曲风格全换了。不是摇滚就是爵士,不是《铁窗泪》就是《孟姜女》,一副冤苦难诉的可怜表情。

是许菲菲给他的留言,让余修迪动了恻隐之心:你以为我很想让你唱吗?你以为我钱真的多到没处花了吗?我不过是想要一份浪漫的爱情,就算是假的是演的,也无所谓,这有错么?

同病相怜,余修迪忽然觉得这四个字特别适合他跟许菲菲。

第二天,他破天荒地自掏腰包买了一束玫瑰。那时候是千禧年,《星语心愿》这部电影正火得发紫。因此,他还没把主题曲唱完,楼上就有一半女生哭得稀里哗啦了。

一曲歌毕,余修迪捧着玫瑰站在楼下大喊许菲菲的名字。可惜,许菲菲一直没有出来。

回去的路上,余修迪忽然觉得无比失落。不过是场表演而已,又不是真的被拒绝,为什么自己要那么难过呢?余修迪想不明白。

他不知道,许菲菲之所以没出来,是因为她哭得比谁都厉害。平日里野蛮得像个泼妇,碰上这种状况,却矫情得像个公主。

余修迪躺在床上,辗转反侧,一直失眠到清晨。中午的时候,他实在憋不住,便给许菲菲打了一个电话,没头没尾,翻来覆去就是那一句,许菲菲,我喜欢你。

许菲菲沉默了良久,嘿嘿地笑了。已经失败成性的余修迪,一听到这类笑声顿时毛骨悚然——在他印象中,那些女生在拒绝之前,都会发出一两下这样的虚伪笑声。

于是，还没等许菲菲说话，余修迪就抢先撒谎了，不好意思，不好意思，刚才在和朋友玩真心话大冒险，我输了，所以得按他们说的做。

重回旧路

成为热点人物的余修迪几乎每天都会收到陌生女孩的邀请，如此懂得浪漫的痴情男孩，哪个女生不喜欢？

余修迪第一次去茶餐厅赴约，见的是音乐系的一名舞蹈生。女孩不但长得落落大方，说话也极其雅致。可奇怪的是，盯着她的桃花之面聊了半天，余修迪还是找不到半点感觉。

当夜，他没去女生宿舍楼下唱歌，许菲菲也一直没有给他打电话。

现实的爱情，往往就是如此，彼此还没弄懂缘由，便双双陷入了解也解不开的僵局中。

学校开始有人疯传，高傲公主许菲菲冷面拒绝了情歌王子余修迪的追求。

于是乎，一群财大气粗，天生喜欢摆阔的富家公子纷纷向风云人物许菲菲示好。余修迪苦笑，呵，看来这次炒作还真是成功。

没过多久，许菲菲和一位高大帅气的富二代开始了交往。听说，这个男生的爸爸是某市的房地产大亨，光银行存款都有十位数。

余修迪彻底绝望了，他暗自嘲讽，自己不过是个一无所有的穷小子，凭什么有吃天鹅肉的思想？

他剪了头发，换上皱巴巴的迷彩服，继续抱着吉他在路灯下面摆地摊。不论价格，卖出一件，唱上一首。

余修迪一直没有收到许菲菲所说的律师信，他曾鼓足勇气给许菲菲打过电话，可惜号码已经更改。

接着，听到诸多关于许菲菲的幸福消息。之后，他终于连主动去宿舍

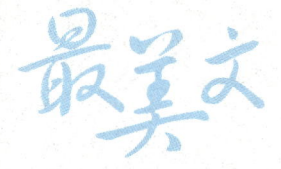

楼下唱一曲的勇气都没了。

天远地别的差距里,全是余修迪给也给不起的幸福。他只能勤工俭学,只能勉强生活,只能一个人逛足球场。

寂寞的春天

2001年的春天来得特别早,学校到处都贴满了供需见面会的广告。

实习,论文,简历,毕业,工作……前程和琐事像洪水猛兽一般,彻底将余修迪吞没了。

这个春天,余修迪过得特别充实。在勤工俭学的岗位上,他认识了另外一位家境相似的贫苦女孩。他们一起实习,一起吃饭,一起上课,一起玩闹。

余修迪偶尔会想起许菲菲。那些思念,常常像春天的枝桠,疯长出润绿的叶片,交错缠结。一年前,就是这个时候的春天,他遇见了蛮横泼辣的许菲菲。不过,余修迪心里清楚,自己和许菲菲根本不是同一个世界的宠儿。再说了,各方优越的许菲菲怎么可能看上一个一无所有的穷酸小子呢?

余修迪恋爱了,在这个草长莺飞的季节里。他坐在暮色四合的足球场唱歌给她听,她安静如一块千年的玉。余修迪想,这就是他要的幸福。他甚至断定,就算此刻许菲菲再次出现,他也绝不会有半点动摇。

春天还没过完,余修迪就收到了一笔丰厚的汇款。许菲菲在汇款单的留言栏里写道,一年之期已满,这是你应得的回报。

余修迪的心里忽然掀起了狂风巨浪,他始终还是没法忘记去年春天里的自己。他扛着陈旧的破木吉他去找许菲菲,打算为她唱上最后一曲,但是最终得到的,却是她提早毕业的消息。

许菲菲用一个陌生的号码给余修迪发了条短信。她说,修迪,你知道吗?世间最凄婉的事情,不是苏轼写的十年生死两茫茫,而是诗经里的靡不有初，鲜克有终。那么多人迫不及待地想要开始，到头来，却没几人能矢志不渝地走到最后。

余修迪站在空荡荡的女生宿舍楼下，朝着凉风清了清嗓，刚准备开口唱一曲《其实你不懂我的心》，就见一片绿叶摇摇摆摆地落在了寂寞的春天里。

（原载《语文报》2015年第22期）

在青春的时年里，最疼痛的不是离别，而是，两个本来可以走到一起的人，最后却怎么也没走到一起⋯⋯

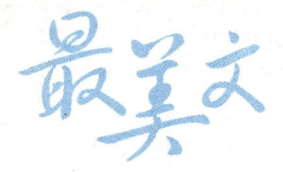

那个曾经偷偷喜欢你的男生

文 / 郭紫雯

> 暗恋最伟大的行为，是成全，你不爱我，但是我成全你。真正的暗恋，是一生的事业，不因他远离你而放弃。没有这种情操，不要轻言暗恋。
>
> ——张小娴

一

2005年6月23日下午15：27分，我终于决定跟你一起去湘西。

录取通知下来后，家人把我骂了个满头包。朋友们都说我疯了，用高出一本30分的成绩填报一个烂得不能再烂的二本院校。

我躲在网吧的包厢里，偷偷笑了好久。因为你在学校的贴吧里说，你终于考上了这所二本院校。接着，你在2楼发了寻友帖，打算在开学的时候找个伴一同前去。

我在昏暗的包厢里打下了我的地址，电话和姓名。可不到五秒钟，我又迅速用back键把它们恢复成空白。

对不起，我始终没有勇气留下自己的名字。我不想让你知道，我就是那个被众人骂得遍体鳞伤的高分低能儿。

任何人都无法理解我的行为。但是我知道，我之所以这样，不过是为了和你在一起。

2005年9月10日,我在体育馆的大厅里看到了你。报名的新生们像无头苍蝇一样乱撞,很快你便消失在了茫茫的人流里。

我不知道你在哪个系,不知道你住哪栋宿舍楼,甚至不知道你有没有男朋友。大学里的龙卷风恋情实在太多,我不敢担保,你就不是这其中的一个。

高年级的学长们成天窝在军训场,一个个像饿瘦的秃鹫。班上稍有些姿色的女生,几乎都收到了成堆的短信和情书。

这一刻,我多希望你是你们班上备受冷落的那一个。

二

军训汇报表演的时候,我再一次见到了你。

你站在人群的最前面,威武的正步踢得一点都不逊色于国庆阅兵场上的女兵。看台上有几个厚脸皮的男生朝你吹口哨,你连看都没看一眼。

我差点忘了,当初在中学的时候,你就是众多男生追捧的对象。你不像我,平凡得像消失的空气。尽管你的成绩差得一塌糊涂,可你从来都是佼佼者,你经历过许多万人瞩目的场面,因此,才会在此刻泰然得如同山岳一般。

毫无疑问,那次军训比赛,是你带领的新闻系赢了。我们系不过得了个安慰奖。

作为班长,我和你一同站在了领奖台上。摄影师挥着左手喊道,近些,对,再靠近一些。

就这样,我和你肩并肩地站在了喧闹的领奖台上。我能听到你均匀的呼吸,能感受到你臂膀传来的温度,甚至,能闻到你身上那股若有似无的兰花香。

我抱着最小的奖状,在人群里笑靥如花。同学们都说我的脑袋有问

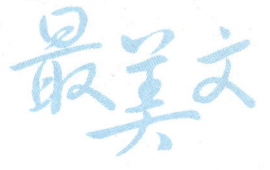

题，不觉得羞耻也就算了，竟然还有脸笑得比拿一等奖的你更灿烂。

第二次班委竞选，我落败了。投票结果刚出来，我就手舞足蹈地在教室里庆祝了一番。他们面面相觑，以为我疯了，被撤职都那么开心。

他们哪里知道，对于我来说，不是班长有多好。我再也不用组织那恼人的活动，再也不必顶着大中午的烈阳去参加学生会议了。最重要的是，从今天开始，我又有大把的时间可以去看你打球了。

三

第一次当晚会主持，你就火了。台下的所有男生都说，你是整个学校最漂亮的女主持。

听到这话，我应该高兴才对，可不知为何，竟无故忧伤起来。你从来都是这般惹人注目，可我呢？有谁在意过我的存在？又有谁知道，我是如此喜欢你？

显然，悲伤并没有结束。晚会中途，一个高大帅气的男生怀抱大束玫瑰朝你冲了上去。

台下一片哗然。我没料到，一向冷若冰霜的你，竟然当众接受了他的殷勤。

有人说，他是你的男朋友，我信了，因为我对你是如此了解。按照你的性格来看，如果你不喜欢他，你肯定会在当时就让莽撞的他下不了台。

后来看到你们牵手，我并不觉得讶异，一切均在我的意料之中。

再后来，我报名参加了迎新篮球赛。生来只会读书的我，其实压根对篮球一窍不通。

我到处借 NBA 的光盘看，拼了命地训练。目的只是想从那沉默的淤泥中爬出身来，让你由此看到执著而又冷静的我。

四

比赛那天，你到底是来了。穿青底红花的苏式旗袍，梳缭如云雾的宫廷发髻，全场男生都惊呆了，你永远都是那么与众不同。

为了发挥最好的状态，我特意喝了三瓶冰冻红牛。

投篮，盖帽，再投篮，再盖帽，你喜欢的他，似乎跟我有着莫大的仇怨。只要我一抓到球，他就舍了命地盯着我。

他真像一条甩也甩不掉的水蛭。

你的目光从来没有离开过他的身影，除了你之外，还有很多陌生的女孩为他尖叫。

我怒了，那燃烧的愤怒，似乎要把我整个人都吞噬掉。抱着篮球，我成了独来独往的艾弗森。不论遇到什么情况，我都再也不会把球传给任何人。

队友们喊我，骂我，呸我，我都不理。我的要求多么简单，我只想进一个球，只想在他的面前赢一次，只想让你的视线在我身上停留一秒。

试问，哪个男生不想在自己喜欢的女孩面前表现出最强的一面？

可惜，事实已经证明，这个方法根本不管用。

五

2007年12月，我在漫天卷地的雪花中看到他和另外一个女生牵手了。

我忽然跑起来，想把这个消息告诉你，可我怎么告诉你呢？我连你住在哪个寝室都不知道，我怎么告诉你？

再后来，就听到了你和他分手的消息。

那些日子，我天天坐在篮球场上等你。我多希望你会知道，不管怎样，这世界上都会有一个男生死心塌地护着你。

五天后，你终于来了。脸上虽然挂着一如昨日的笑容，可眼睛却肿得

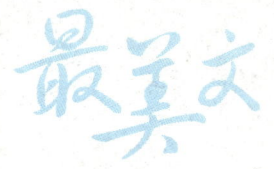

像个熟透的桃子。

生活有的时候真是一部戏剧,没想到你们俩竟会在宽阔的球场上狭路相逢。更要命的是,你看到他的时候,他正和那位大眼女生同吸一杯柠檬水。

你手中的网球拍像枚炸弹一样飞了出去,那女生猝不及防,被坚实的球把打得喊天哭地。

他一个箭步冲了过来,愤怒的指头像要戳进你的眉宇里。你刚伸出手准备扇他,就被训练有素的他抓了个正着。

人群忽然安静了下来,你像患了失心疯一样,对他又打又闹。

大眼女生看到你们拉拉扯扯的样子,刚起身准备走,他就将你一把甩开了。

你眼泪汪汪地跌坐在地,伤心得不知如何是好。

那一秒,我估计我是疯了。二话没说,竟对着他匆匆而去的后背飞起一脚,连我都觉得自己帅呆了。就算是甄子丹本人来踢,也不过帅至如此吧?

事情真是出人意料。摔倒后的他,既没有瞬间昏倒,也没有痛苦呻吟。而是爬将起来,挥着偌大的拳头,朝我一顿暴打。

真他娘的无语,看来电影里的武打情节一点也不可靠。

六

躺在医务室的病床上,连你都对我觉得莫名其妙。

哥们儿,就算你是梁山来的,爱打抱不平,那也得靠点谱吧?你这拔刀相助,反让我倒贴了三百多块钱。

你的幽默,让我顷刻忘了浑身疼痛。

我再一次与你靠得这般相近,我要说点什么呢?我忘了。满肚子的话,真不知从何说起。

傍晚,你送饭过来时,我正给家人打电话。你听了我的方言后,欣喜若狂地说，哇，你是不是大理的？是不是大理的？

我点点头，哇！哇！我们是老乡啊！

你哪个学校毕业的？你问我。

犹豫片刻之后，我把学校名称告诉了你。你一脸疑惑地看着我，不可能吧？我也是那所中学毕业的，我怎么没见过你？你哪个班的？

我把我的名字告诉了你。

你不会是那个用重点分数报二本院校的高人吧？你说这句话的时候，嘴角歪得像个茄子。

真不明白，考那么好的分数，竟然报这种学校。李先生，请问您当时是怎么想的？我作为您的校友，得好好采访采访您。

你把小手捏成麦克风的模样，递到我的嘴边。

我多不争气，竟在这一刻用眼泪代替了回答。

再后来，你交了新男朋友。而对于你当天的问题，我还是没有给出真正的答案。连这份若有似无的友谊都来得如此千辛万苦，我还敢奢求什么呢？

虽然你从来都没有注意过我，可我还是打心眼里感激你。因为你的出现，我才有了那么多丰富斑斓的青春记忆。我真的毫无抱怨，毫无情绪。

因为我早已知道，暗恋本身就是一次不求回报的牺牲。

（原载《新青年》2011年第11期）

每每看到暗恋，我总是会有恻隐之心，最多的问题是，为什么不能再用力一点表达爱呢？为什么不说开呢？没准说开就在一起了呢。可是，青春就是这样的残酷，这也正是青春最美的地方，美得让心疼。

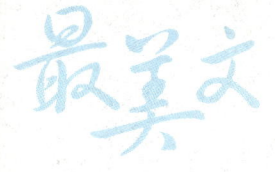

亲爱的牛顿先生

文 / 阮小青

暗恋是一种自毁,是一种伟大的牺牲。暗恋,甚至不需要对象,我们不过是站在河边,看着自己的倒影自怜,却以为自己正爱着别人。

——佚名

伟大与渺小

第一节物理课,歪鼻子老头毅然不顾众怒,拖堂整整五分钟。兴许是年纪大了,一个牛顿的力学定义,他翻来覆去讲了十几次。

原本以为可以躲开他的魔掌,岂料数学老师临时有事,把第二节课竟换给了歪鼻子老头。我差点没哭出来。我跟前排的苏小沫说,小沫小沫,快给他一口唾沫。

苏小沫回过头来,语重心长地跟我说,孩子,平日说你是土八路,你还不乐意,看吧,没素质没文化没修养的一面终于在你不经意间表露出来了。牛顿何许人也?那么伟大的力学理论你都不愿听?

歪鼻子老头又把上节课的理论重复了十几遍,我拍拍苏小沫的肩膀,欲哭无泪,聪明的小沫同学,你说牛顿的脑袋是不是被苹果砸晕了?要不,他怎么有事没事就搞些理论出来折磨我们?

苏小沫的一句话，让我胸口堵了半天，同志，这就是渺小与伟大的区别。牛顿被苹果砸到了头，他会想，苹果为什么会下落，由此推出万有引力。如果是你的话，一只苹果掉下来砸到你，你肯定只有一种反应，那就是，奶奶的，敢砸我？看我不把你的兄弟姐妹全吃光！

迫于无奈，为了打发时间，我只好硬着头皮向苏小沫借了卷卫生纸。只要歪鼻子老头一转身，我就立刻把事先准备好的尺子和浸满矿泉水的纸团取出来，啪啪几下，把它们全都送上教室的天花板。

歪鼻子老头到处找声源之地。后排的男生笑晕了，一个劲儿怂恿我，来个大点儿的，来个大点儿的。

不负重望，几分钟后，我的巨型原子弹终于研制成功。就在歪鼻子老头弯腰捡粉笔的一瞬间，我将这枚原子弹投向了惨白的天花板。

我扯了扯苏小沫的头发，哎，伟大的小沫同学，你不是很喜欢力学吗？那你给渺小的我解释解释，为什么上面的这些原子弹不掉下来呢？

苏小沫一脸迷惑地瞅着我，旋即缓缓抬头。真要命！就在这电光火石的一秒间，那颗刚被发射上去的特大号的原子弹竟然从空而落。不偏不倚，恰好砸在喜怒无常的苏小沫脸上。

弥天大祸

苏小沫杀猪般的尖叫，把歪鼻子老头吓得纵身半空。

我敢说，我绝对是世界上第一个享有此种待遇的男生。歪鼻子老头暴跳如雷地把我拖到小卖部，搜光我身上所有的零花钱，全都用来买卷纸。

他气急败坏地说，我不告诉你们班主任，也不通知你的家长，但是，你必须做完你应该做的事。你不是很喜欢研究力学吗？那么，你就用自己的实验经费购买卷纸和矿泉水，然后用尺子把纸团全部射上天花板！记住，你的纸团一定要铺满天花板，不然，我一定会要你好看！

我向苏小沫借了一大笔实验经费。目的，只是为了用纸团把教室的

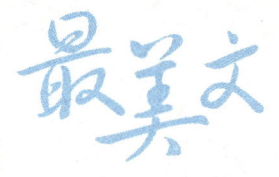

天花板铺满。歪鼻子老头果然阴险毒辣,他怕我请外援,竟找苏小沫来当监工。

达·芬奇画鸡蛋,我是弹纸团。但好歹,达·芬奇没有像我一样,最终弄到双手抽风吧?

第三天,我的任务完成了,我以为,一切将会结束。谁知,歪鼻子老头又把我叫到了办公室。他说,一个血气方刚的少年,应该懂得为自己的行为负责。因此,从今天开始,只要天花板上的纸团掉下一坨,我就得做十个俯卧撑。

人在屋檐下,不得不低头。要是老头一个不高兴,把我爸妈叫来的话,我死得会更惨。

从此,每天的物理课我都上得心惊胆战。我真怕,那些逐日丧失水分的原子弹,会在某个阳光炽烈的午后,噼里啪啦地全掉下来。

周四物理课,刚打下课铃,天花板上的原子弹就如同瓢泼大雨一般降了下来。一数,不得了,两千多个俯卧撑。

半小时后,我像只大蛤蟆一样趴在地上,一动不动。苏小沫端着牛奶,走到我面前,幸灾乐祸地说,蛤蟆蛤蟆跳悬崖,硬装蝙蝠侠。

神童苏小沫

苏小沫绝对是个语言天才。她除了能四处绘声绘色地描述我当蝙蝠侠的经过,还能把英文普及到全国人民都听得懂。

就拿我欠钱不还这件事来说,苏小沫就给了我一大串自制英文。Bus, yes, girls, miss, school。如果,你把这串英文翻译成公车,对的,女孩,小姐,学校,那你就错了。按照苏式理论来说,这串英文,应该翻译成爸死,爷死,哥死,妹死,死光。

我说,苏小沫,咱就不能和平解决问题?现在贫富差距可是社会的主要矛盾,你那些钱,不就是在为解决当前矛盾做贡献吗?你应该感到光荣才对啊！再说了，我也是逼不得已。这样吧，为了对你有所补偿，我可以考虑，我俩签订一个不平等条约。

三个时辰之后，苏小沫硬逼着我签订了人生的第一个不平等条约——《苏李条约》。

其中一条，尤为过分，明摆着要我成为一个整天撒谎的坏人。苏小沫在条约中赫然写道，不论何时何地，李方都必须对苏方心存敬意，时时赞美。

譬如，苏小沫上课抢答，受到老师表扬，我得款款深情地在背后接着跟风，哇，苏小沫，你真厉害！简直是神童！

苏小沫得意地笑了，她果然是个傻里傻气的神经病儿童。

有点喜欢你

赞美的话说得多了，有的时候会在心里产生一种极不正常的反射。以前，觉得苏小沫的眼睛太小，现在认为刚好；以前觉得苏小沫的嘴巴太大，现在却嫌它小如樱桃；以前觉得苏小沫的头发太长，现在竟宣扬那是青春的味道……

我被苏小沫弄得有点头昏脑胀。很多时候，她像无处不在的空气，充斥着我的大脑。有人说，这是暗恋的明显表现。

期末考试，苏小沫的物理成绩全班第一，有人给她取了个绰号，叫长发伽利略。

我说，伽利略同学，如果不嫌弃的话，咱们明天到冰果屋小聚一餐如何？苏小沫笑了，明亮的眼睛如同深秋里的晨阳。

苏小沫穿着大红连衣裙向我款款走来时，似乎整个世界都在跟着她的脚步微微震颤。

吃饭的时候，苏小沫一直凝视着我。她的眼睛，像一柄被烧得通红的利剑，使我坐立不安。我以为，她有点喜欢我，岂料，她竟讪笑着说，哈

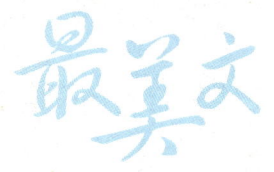

哈,看来书上说得不错,冷读术的确有些厉害!

我闭上眼睛,深吸大口柠檬汁,浑浑噩噩地跟苏小沫说了一句,其实,我有点喜欢你。

苏小沫空前绝后的回答,使我哀伤不已。她挤眉弄眼地说,哇,你和我真有默契,其实,我也喜欢我自己。

变窄的心

我和苏小沫陷入了一种彼此无法解开的僵局。虽然,她幽默地拒绝了我的表白,但却无法拒绝我喜欢她的心。

苏小沫开始和前排男生打得火热。记得她曾说过,前排男生是个如假包换的娘娘腔,柠檬头,大瞎眼,豆腐脸,和他说一句话都能恶心三个月。但现在,她把这些忘得一干二净。

体育课上,肌肉男安排全班同学玩接力赛,我和前排娘娘腔分在一组。苏小沫为了给他加油,差点没把嗓子喊哑。

娘娘腔晃着额前那两缕头发气喘吁吁地朝我迎面奔来,我刚伸手准备接棒,娘娘腔就一脚踩在了我的大脚趾上。

我怒不可遏地挥出拳头,二话不说,冲着他的豆腐脸就是两个致命的组合拳,鲜血顺着他的鼻孔哗哗地往外涌。

苏小沫像疯了一样,一个箭步飞身过来,朝我的胸口就是狠狠两拳。她面目狰狞地说,没想到你竟是这么个心胸狭窄的小人!

我笑了,拖着受伤的右脚,在球场上狂跑。微凉的风,转瞬便吹干了我流出的泪。

苏小沫,你知道的,我以前根本不是这样的人。我从不和人争斗,也不和任何人比赛,甚至,善良谦和到使人觉得懦弱。

我的心,之所以变得这么窄,完全是因为住了一个你。

改变自己

苏小沫说，娘娘腔不管怎么样，也算是个成绩优异的好学份子，和他在一起，好歹能学点东西。你呢？你会什么？除了那些恼人的恶作剧，除了年年倒数，你还能做什么？

我真没想到，苏小沫，在你心里，我会是这般一文不值。

暑假，我破天荒地参加了高考集训。我把高一至高三的课本，当成武侠小说，翻来覆去地读，我从来没有这么认真过。家里人都以为我心理出了问题，接二连三地找我谈话。

我没有任何目的，也没有任何梦想。我一头栽进书的海洋里，煮字疗伤。没人知道，我之所以这样，不过是为了在有限的时间里向苏小沫证明，其实，我也可以很优秀。

娘娘腔依旧在我的耳畔唠叨着关于苏小沫的故事。我来不及发火，来不及抬头，来不及审视苏小沫当时的表情。我能做的，只是安静地演练集训班发来的习题。

亲爱的牛顿先生

大红榜单下来那天，很多人都哭了，唯独我，充满了复仇的快慰。我和苏小沫考进了同一所大学。而娘娘腔，终因临场发挥失意，沦落进三流院校的行列。

苏小沫一直没有联系我。

九月，我背着厚重的行囊赶往南京。在这座炎热的城市里，苏小沫像一颗被蒸发的水滴，再也没有出现。

迎新晚会那天，室友硬拖着我去了。穿过晨读林的时候，我忽然看到了苏小沫。她穿着浅蓝色的运动衫，远远地站在路灯下。为了避开她，我绕走小路，从她脚下的百花道穿行。

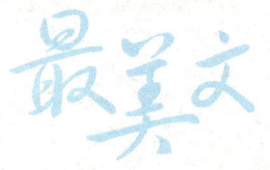

哎，傻瓜，你中计啦！你到底还是被我骗到南京来了，哈哈！咱们的《苏李条约》还没到期呢！苏小沫站在昏黄的暖光中，得意洋洋地看着我。

直到这一刻，我才恍然大悟，她的良苦用心，使我有些感动。

喂，我要跳了啊，接住我！苏小沫晃着双臂，一副跃跃欲试的样子。

呵，亲爱的牛顿先生，如果可以，请你用力学公式帮我算算，我此时的臂力，到底能不能承受这位伽利略先生的纵身一跃？

（原载《意林》2011年第2期）

有些爱是无声的，但却一直处心积虑，这么做无非就是希望最后可以跟你在一起。

初恋菜单

文 / 澳大利亚

初恋是青春的第一朵花,不能随便掷弃。

——老舍

长岛红茶

凉风八月,马小涛突发奇想,在网上开了一间工作室,专门帮别人找丢失的钱包,文件,身份证等重要的东西。

开张第一天,马小涛就被别人骂了个满头包。其中一段留言,差点没把屏幕前的马小涛噎死,二师兄,丢失的东西那么好找回?敢情是你偷走之后又漫天要价吧?你可真够雷锋的!

连续一周,马小涛一单生意都没做成。最后,他咬牙切齿地把网站的名字从"失而复得"改成了"雷锋也得活"。的确,在这个物欲横流的时代,如果成天做拾金不昧的雷锋,绝对要沦落到朝不保夕的境地。

马小涛的极度创意,使平静乏味的学校顷刻涌起了轩然大波。很多人说,马小涛这种脑袋,要是去读金融贸易,绝对是个商业奇才。没办法,迫于舆论压力,辅导员只好面色铁青地找马小涛谈话。

小涛啊,赚钱的方式可以有很多种嘛,没必要挑战雷锋和传统道德,对不对?辅导员一番语重深长的话,使马小涛郁闷了好几天。他实在想不

明白,自己怎么就从乐于助人的热心肠变成罪大恶极的拜金男了呢?

马小涛决定关闭网站的那天傍晚,忽然接到了一封陌生的站内邮件。二师兄,我有非常重要的东西丢了,想请您帮忙找回来,方便见面谈谈薪酬问题吗?

这段看似平淡无奇的谈话,对于此刻的马小涛来说,无异于雪中送炭。

一路上,马小涛越想越觉得不对劲儿。二师兄这个称呼,似乎至始至终都是出自同一个人的口中。为什么要叫马小涛二师兄呢?他自己也弄不明白。

为了留住第一笔生意,马小涛决定暂时忽略这位神秘怪客先前对自己人格的侮辱。马小涛一愣一愣地站在足球场上,等待这位神秘怪客的到来。

邢晓萌从看台上跳下的一瞬间,马小涛刚好回头。于是,马小涛的视野里,出现了终生难忘的惊悚画面。一个披头散发白衣白裤的庞然大物忽然在黄昏时分的阴暗中从天而降,伸着白皙的双手,匍匐在地,艰难地朝马小涛所在的位置缓缓爬行。

马小涛几乎被吓得屁滚尿流,正当他转身要跑,那不知是人是鬼的影像忽然发出了有气无力的声音,二师兄,你他妈的瞎眼啦?我摔倒了你也不过来扶一把?

当夜,邢晓萌为了给马小涛压惊,特意请他去校门外的西餐厅喝长岛红茶。坐在灯火辉煌的橱窗旁,马小涛抖了半天才回过神儿来。本想好好臭骂一顿邢晓萌,无奈脏话还没出口,邢晓萌就呜呜哭了起来。

芥末寿司

马小涛神色悲苦地央求,姐,我错了还不行吗?我免费接您这单生意,求您别哭了!您抬头瞅瞅周围有多少双贼亮的眼睛在盯着咱们,你以后还让不让我活了?

邢晓萌丝毫不顾马小涛的艰难处境,硬是对着那杯二十八块的长岛红茶哭了整整十一分钟。最后,哭痛快了,哭舒畅了,开始可怜巴巴地向马小涛求助,二师兄,你,你一定要帮我找回我丢了的东西。

为了赶紧脱离现场,马小涛几乎想都没想就满口答应了邢晓萌的要求。半晌之后,当邢晓萌把自己需要找回的东西是什么说出口时,马小涛几乎要哭出声来。

大姐,你成心砸场是吧?身份证银行卡我可以帮你找,材料文件我可以帮你搜集,丢失的爱情,我怎么帮你找?你真把我当月下老人啦?

马小涛起身拍拍屁股,指着尚且还剩大半的长岛红茶说,姐,这顿我请,算我倒霉,偷鸡不成蚀把米。以后有啥事您别找我,我也不敢接。谢谢合作,不再见!

我保证,邢晓萌的嚎啕声绝对可以让方圆一千米的人群产生躁动。马小涛高举双手,哭丧着脸说,姑娘啊,你是我姨,你说什么就是什么还不行吗?我弃械投降!

之后,每天清晨八点,邢晓萌都会准时去马小涛宿舍楼下狂喊,二师兄,起床啦!为了不引起民愤,马小涛每次都是以百米冲刺的速度出现。

经过马小涛的长期调查,终于发现,原来邢晓萌的前男友早已另结新欢。此女姓钟名蕾,乃外语系的头号标致人物。身材相貌尚且不谈,光在台上扭扭身子跳跳舞就足以让半数以上的男生分不清东南西北。

马小涛仔细打量过邢晓萌的外形之后,诚恳真挚地坦白,晓萌同志啊,依我看来,你这个找回爱情的工程丝毫不亚于长江三峡啊!咱们还是从长计议吧。

半月后的迎新晚会,据说又是钟蕾压轴。为了占到前面的观众席,邢晓萌从下午四点就一直坐在那儿等晚上七点的开场。

这是邢晓萌第一次近距离接触自己的情敌。只是简单的一眼,邢晓萌就被彻底打败了。她知道,她心爱的男孩,已离她远去了十万八千里,即便她有筋斗云,也追不回那颗背叛的心。

当夜,邢晓萌坐在昏暗的灯光球场上,一面微笑着往嘴里猛塞芥末寿

司,一面疯狂地给那男孩打电话。当第99次忙音无情地穿过九月的凉风时,故作坚强的邢晓萌终于顶不住悲绝的洪流,痛哭流涕。

马小涛虽然没有恋爱过,但却从这感伤的一幕中清晰地读懂了失恋的心疼。

番茄牛肉

马小涛忘了告诉邢晓萌,他其实也是一个爱情的失败者。他明明喜欢一个女生整整两年,陪她网聊了整整两年,从天上侃到地下,却一直不敢告诉她内心的想法。

为了感谢马小涛的帮助,邢晓萌决定请他去城南最出名的餐馆大吃一顿。当天,邢晓萌叫上所有的同寝室友,打算庆祝自己失恋成功。

世界真的很小,马小涛做梦都没想到,自己心仪已久的女生,竟然是邢晓萌的室友。

邢晓萌到底是过来人,一眼就看穿了马小涛的心思。于是,兴高采烈地舞着巴掌说,马小涛,需要我帮忙吗?明码标价,绝不忽悠。追上白晶晶,收费200块。让白晶晶喜欢上你,收费500块。结婚生子,1000块!干不干?!

白晶晶和马小涛迅速成了众人起哄的对象。当马小涛拉着白晶晶逃出饭店的时候,不知为何,本该高兴的邢晓萌竟然有种无法道明的失落感。

白晶晶终于知道,原来马小涛就是那个陪她聊了足足两年,且有求必应的"神秘天使"。

马小涛请邢晓萌吃饭那天,白晶晶穿得就像舞会上的公主。邢晓萌偶然瞥到他俩十指紧扣的手,瞬间有股呛人的心疼。

她知道,她不应该把马小涛推给白晶晶。因为,像马小涛这样懂得付出,懂得沉默,懂得无怨无求的男孩,差不多已经绝种了。

最要命的是,邢晓萌的感官明显出了问题。直到此刻她才发现,自己原来有点喜欢马小涛。

饭后，邢晓萌指着一大盘番茄牛肉问马小涛，二师兄，你知道为什么只有番茄和牛肉才是最搭配的菜吗？

坐在一旁的白晶晶忽然开口，因为番茄里面的维生素 A 原可以使人体充分吸收到牛肉里面的肌氨酸。邢晓萌仰头咕隆咕隆喝了大半瓶青岛啤酒，还是没有勇气说出最后的答案。

她始终没有告诉白晶晶，番茄和牛肉之所以最搭配，是因为牛对番茄有着非常特殊的情感。它的肉色不但和番茄极其相似，并且它从来不吃番茄。

麻辣龙虾

马小涛先后给邢晓萌介绍过几个男生，大都谈不上几句，便形如陌路。为此，马小涛经常笑话邢晓萌，同志啊，失败可是成功的妈妈，你虽然丢失了爱情的儿子，但说不定，可以找到幸福的妈妈。

邢晓萌以为，马小涛和白晶晶定然会结婚生子，白头偕老。可她忘了，白晶晶一直都是吃不得半点苦头的大家闺秀。难怪毕业那天，马小涛才决定要去西部支教，白晶晶就义无反顾地弃爱情而奔前程了。

邢晓萌注定拿不到马小涛的 1000 块。突如其来的爱情，总是和突如其来的风一样，来之无影，去之无踪。

马小涛说，他为白晶晶改变了很多很多，以至于搞得自己都不像个正宗的四川人了。当夜，他约了邢晓萌在校门外的马路上吃露天大排档。

马小涛啥也没点，光喊了五盘麻辣龙虾。他说，和白晶晶在一起的这些日子，他天天吃白面煎饼，都快忘了辣椒是什么味道了。

马小涛一面大口大口地喝着啤酒，一面擦着眼泪说，哇，今天的龙虾好辣，涕泪交流，怎一个爽字了得！其实，不用他说，邢晓萌也懂得那些眼泪的含义。

麻辣龙虾和芥末寿司的区别到底在哪里？

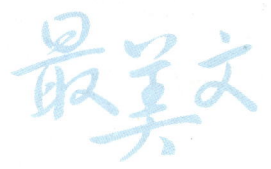

为了庆祝马小涛成功失恋，邢晓萌包了张唱片送给他。那是台湾歌手路嘉欣的《你不懂》。

这张专辑马小涛一直没有拆开。邢晓萌根本不知道，这张专辑的歌曲，马小涛早就听得滚瓜烂熟。

离别那天，邢晓萌买了大包小包的东西去送马小涛。路上，邢晓萌一直说，二师兄，西部那边经济不太发达，很多东西不好买，要是有什么困难或者需要，一定给我打电话。我的所有联系方式，都在路嘉欣的专辑里。

马小涛很快将邢晓萌的话抛诸脑后，直到此刻，他的心里还是只有白晶晶。

半年后，去西部支教的音乐老师为了给乡村的孩子们上一堂流行音乐欣赏课，到处找光碟。马小涛就把邢晓萌送给他的专辑借给了新来的音乐老师。

十分钟后，这位音乐老师满脸疑惑地找到了马小涛，马老师，你看，是不是弄错了？专辑封面明明是路嘉欣的《你不懂》，可里面却是范晓萱的《我要我们在一起》。

专辑里根本没有邢晓萌的联系方式，直到最后，邢晓萌都没有放弃向他表白的勇气。他恨自己真的是西游记里的二师兄，一直都不明白，邢晓萌的你不懂，其实深藏着我要我们在一起的无奈。

当夜，马小涛躺在寒风阵阵的草原上睡了很久，他始终觉得，身旁坐着一位手捧芥末寿司的流泪女孩……

（原载《语文报》2014年第16期）

爱情里的残酷，不是一直不懂对方的爱，而是直到伊人离去的时候，才懂。可是，爱情却怎么也回不来了。

在风中飞扬的头发

文 / 冷焰

> 初期的爱情只需要极少的养料——只须彼此见到，走过的时候轻轻碰一下，心中就会涌出一股幻想的力量；一点极无聊的小事就能使人销魂荡魄。
>
> ——罗曼·罗兰

当我还是矮个短发的时候，前排的倪小杉就有了亭亭玉立的身姿和一袭飞扬的长发。她经常在大夏天穿一件白底桃红的连衣裙，扎一束高高的马尾。

她每天踩着铃声跑进教室，在一片讶异的目光中回头问我，嗨，第几页？她急促的喘息和明亮的眼神，时常让少年时候的我莫名不安。偶尔，我呆住了，不知如何是好，她便会一遍又一遍地回过头来问我，第几页？问你呢，到底第几页？

事情的结局总是让人出乎意料，还未等我回过神来告诉她第几页，她便已被老师罚站到了走廊尽头。

凝视她柔亮的头发和白皙的后颈，我时常会冒出这样的疑问：倪小杉是不是有点喜欢我？否则，她干嘛老是故意回头问我？她问她的同桌不就行了？

事实上，倪小杉回头问我，也是被逼无奈。原因是一次水彩课上，倪

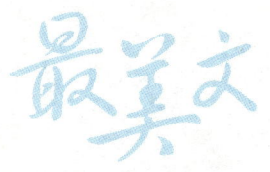

小杉的同桌不小心把浣洗毛笔的整桶水都碰到了她的新连衣裙上,她俩为此吵得不可开交,最终形同陌路。

没人知道,我喜欢倪小杉。想想也不可能,一个成绩名列前茅年年作文获奖的三好学生,怎么会暗恋一位成绩倒数整天都迟到的绣花枕头呢?可很多事情,谁都说不清楚。譬如,我就是无可救药地喜欢倪小杉。

我喜欢她穿那条白底桃红的连衣裙,喜欢她在午后流光中奔进教室的样子,喜欢她白皙的后颈和飘扬的长发,也喜欢她气喘吁吁时回头问我的眼神。

就在我鼓足勇气,决定无畏流言追求倪小杉的时候,班上忽然传出了倪小杉早恋的消息。有许多人说,在放学回家的路上看到倪小杉和一个瘦高的男生手牵着手,肩并着肩。为了证实这个消息,中午放学后我悄悄跟上了倪小杉。

倪小杉到底发现了我,她欣喜若狂地拍着我的肩膀说,嗨,小子,你那辆帅帅的自行车呢?丢了?被偷了?还是借你女朋友威风去了?

我紧张得不知如何是好,无法回答倪小杉的问题。就在我伸手进兜摸索那封蓝色信件的时候,一个骑着赛车,蓄着长发的男生在对面朝倪小杉吹起了口哨。倪小杉笑笑说,我先走了啊,下午见!接着,迫不及待地横过街道,坐在了他的后座上。

我忽然觉得心里最后一丝光亮被无情的手收走了,走在人潮汹涌烈阳直射的马路上,居然有一种刺骨的凉。

我托朋友请了病假。班主任惊慌失措地打来电话,问长问短,我多希望,电话那头的声音是属于倪小杉的。

第二天回到教室,一群人迅速涌到了我的跟前,滔滔不绝地向我诉说昨天晚上在班里发生的大事。不知是从哪儿冒出的大响,竟有人说:倪小杉偷东西被抓了。

我毫不犹豫地怒吼起来,放屁!倪小杉绝不可能偷东西!同桌拉着我说,你不信也没办法,昨天晚上有同学丢了二百块钱,班主任为了查清事实，花了整整一节晚自习搜查所有学生的课桌。结果，偏在倪小杉的课桌里搜到了那二百块钱。

倪小杉一直没来上课，班上再没人如同冒失鬼一般踩着铃声跑进教室，而后气喘吁吁地问我课本学到第几页了。我不习惯这样的生活。

倪小杉回到教室的时候，夏天已接近尾声。她依旧笑若桃花，似乎之前根本不曾发生过任何事情。但之后，周围的人却经常会写纸条过来"礼貌"询问：倪小杉，你看到我的钢笔没有？倪小杉，你有见到我的钱包吗？倪小杉，你能不能帮我找找我的课本？

倪小杉渐渐在这样的"礼貌"询问中沉寂，她依旧倒数，依旧不爱学习，依旧迟到。可有一样，她到底是改变了——直到毕业，我都再没见过她穿那条白底桃红的连衣裙，也再没见过她那头飘扬的长发。

短发的倪小杉没能走进高中的大门。没人知道，落榜后的倪小杉到底去了哪里。曾经真实存在的那么一个人，就这么迅速被大家忘却了。

那封信，我一直留着，一直夹在我最心爱的日记本里。我想，成年以后，如果我真正得到了一份来之不易的爱情，那么我一定会告诉她，曾经有一个名叫倪小杉的女孩坐在我的前排，她有着白皙的后颈和一头飞扬的长发……

（原载《当代青年》（我赢）2010年第7期）

你曾经有没有那样默默地喜欢过一个人，关注着她的一举一动，那么强烈地想跟她在一起，可是后来就散了，然后就再也没见过。可是你还是会在某一时刻想起她，想起她穿的花裙子，还有身上散发的薄荷味道……

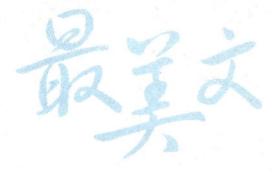

青春也有难以启齿的秘密

文 / 告白

初恋总是很羞怯的。

——拜伦

1

十六岁的春日，班上开展了一次有趣的活动。为了让全班男女同学能够和睦相处，老师特设了下周一为女生节。要全班的男生为女生做一件好事，并且赠送一件有意义的小礼品。

我选了她——叶小花，一个在此时几乎被全班男同学遗忘的农村女孩。靠窗的角落里，她安静地低着头。当台上的我大声叫出她名字的时候，她被猛然地吓了一跳。全班男同学遂开始前后起哄，大笑。

那样的笑声里，我与她一同陷入了年少的尴尬。

我与她不同。我选择她，完全是出于仁慈，甚至是一种对弱者的可怜。虽然我知道这个词对于叶小花来说是那么残忍，可我想不出还有其他理由。她接受我，估计也是无可奈何的抉择，因为大家都知道，除了我之外，不会再有第二个男生选她。

每一堂课她都听得非常认真，尤其是外语。而我痛恨所有的科目，我和年级中甚至是全校不爱学习的坏学生都认识。我们一起上通宵网、抽烟，偶尔用拳头对着别人的鼻子出气；背书包去果园里偷果子，大口大口地吃完果子，把剩下的残核放在上课起立时前排同学的板凳上……

几乎所有的坏事我都做过。我讨厌外语，以至于每次考外语的时候，听力题还没有放，我已经把所有的选择题做好，就等着交卷时间的到来。

班上有一个规矩，每次期中期末考过后都要进行一次排位大整理。全班同学走出教室，按照考试成绩的先后一一入场，挑选自己想坐的位置。

我记得很清楚，那次叶小花的成绩排名第一。她在所有惊羡的眼神中，缓慢地迈进了空荡荡的教室，朝着那个靠墙的暗黑角落走去。坐定的那一刻，我不知道怎的，感觉胸膛被什么东西压了一下，呼吸变得很沉重。

她用略带惊慌的回答制止了老师的劝说，我比其他同学都高，我坐后面也能看见，坐前面可能还挡到某些同学了。

十五岁的清晨，一个极端讨厌外语的坏男孩，闻到了善良的味道。

2

我选了叶小花作为女生节帮衬对象的消息还是传了出去，在整个学校的坏学生联盟里传得沸沸扬扬。在厕所里抽烟的时候，雷明和一帮高我一年级的坏同学过来问我，是不是看上了叶小花？我说，你放屁！我就算看上一头母猪也不会看上叶小花。

所有的人都知道我很少发火，一看我那样子，都没话说了。最后，雷明撂下一句话走了。他说，叶小花就是一村姑，要胸没胸，要屁股没屁股，以后是要回家去种田喂猪的。

我的心里忽然有些难受。我知道，我和叶小花是没有任何关系的，可我为什么会难受呢？她回去就回去啊，种田也好，喂猪也好，我为什么要难受呢？

清早，老师在上面讲课，我歪斜着睡觉。睁开眼睛，正是对着叶小花

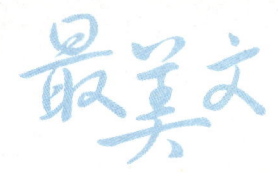

的位置。她捏紧着笔在那儿沙沙地书写着,我的心猛然地有些酸楚起来,因为这时我才看到,她瘦弱的手背上长了几个大大的冻疮。时不时的,她用手搓搓它们。

路过雷明家的服装店,一双粉红色的,嵌有一朵小花的手套吸引了我,它们安静地陈列在柜台里。我硬是花9块钱把这双标价为32块钱的手套拿走了。雷明在身后一个劲地骂我,说那手套我一定是送给村姑叶小花的,我还是没回头。但在跨上自行车的时候我大声喊了一句,我就是送给那村姑的,这手套是买给她跟我一起种田用的。

雷明在后面没声了,我迎着急速的风,大声地笑。

3

叶小花戴手套的时候不敢看我,因为只要她一戴上那手套,班里最后一排的男同学就会大声叫嚷。我懒得去管他们,我才没时间理会这些凡夫俗子呢。况且我也不知道,为何我送了她那双手套之后,她每次见我都要远远地躲起来。实在没法躲了,就脸红着急急跑开。

我开始以为是我太过敏感了,但时间一长,大家都习惯了。或许,是淡忘了这件事。

她从那时会主动地给我送一些英语笔记,让我好好看。我接过,可我从来不会去翻阅那些东西。天知道,我有多么讨厌英语。

高考终于结束了,多年的读书生涯,包括那些我做坏孩子的经历,终于可以告一段落了。

和一帮朋友正准备大醉的时候,叶小花忽然出现在了酒桌上。褪去陈旧的布衣,一袭不同于往常的打扮,忽然那么明艳动人。十七岁的年华,终是如一束阳光般穿透了我的瞳孔。

在场所有的人都保持着与我一样的惊讶,对于叶小花。

她对我说,谢谢你当初送我的手套,很暖和。我没说话,笑笑。

接着，她又调侃地问我，你知道手套的英文怎么写吗？

她明知道我讨厌英文，还故意问我这样的问题。我当时就回答她。所有的英文里面，我就知道写 I love you，因为追女孩子要用。其他的，我一概不知。

大抵，这就是我与叶小花的最后谈话了。

4

后来，我靠父母的关系进了一家电力公司做文秘。没几个月，实在适应不了居人身下的感觉，便辞职和朋友合伙开了一家广告公司。忙碌的社会生活中，我开始逐渐淡忘学生时代的一切，包括那一个村姑，叶小花。

有的时候想想，真的可笑。当初还说别人村姑，以后注定了回家种田喂猪。现在人家身在名牌大学，前途一片光明，怎么可能回家种田呢？

记不清是几年以后，我接到了一个关于服装和手套的宣传策划。因为时代的问题，传媒这一块都必须接触到英语，所以我不得不又打开电脑查询起服装和手套的英文拼写。

Glove——手套。当这个简短的英文出现在电脑屏幕上时，我忽然懂了一些什么。那个将英语笔记不断给我看的女孩，那个遇见我就急急躲开的女孩，曾怀揣了怎样的一份热情——关于那双遥远的手套。当时，英文那么好的她一定知道，那手套的含义是什么。

Give love……给爱……我一遍遍地用英文轻读着，忽然想起那个骑着自行车的午后大声说的要用那手套和她一起种田的话；想起那日在讲台上大声叫着她的名字；想起那日她在最后的时刻褪去所有少女的矜持，问我手套的含义。凝思中，一种领悟突然带着某种遗憾从脑海中闪过，我是不是要弥补些什么？

我开始极力打听叶小花的消息。终于，通过其他同学得知她现已结婚，我按照朋友给的地址找了过去。最后，在她家门前的一个餐馆见到

了她。

她叫出了我的名字,我微笑着点点头,忽然无语。挽着她身旁高大的男人,对于我的突然出现,她并没有半点的反常。

只是,她开玩笑似的告诉我一句,一定要把英文学好哦。

回到家中,再看着那串被我反复抄过的英语单词,我猛然地痛哭起来。那些难以言明的疼痛,连带着青春里的悔憾,一并沉重地流淌着。

连夜,我将手套广告的策划案交到了客户手里,客户代表一致通过。

天刚蒙蒙亮的春日里,整个城市的户外站牌,楼塔,都被一张同样的手套广告覆盖了。广告语是简单的一句话。手套——Glove——Give love——给你我的爱,温暖新时代。

(原载《语文报》2015 年第 18 期)

在那个情窦初开的年代,太多的爱情终会以遗憾的结局收场,因为我不知道,当我爱着她的时候,她也爱着我……

第二辑

我们一起喜欢过的女孩

  被众人暗恋的女孩,就像寒冬暗夜里的一根蜡烛。当围坐的众人绞尽脑汁划完手里的所有火柴也没能点燃这根蜡烛,当寒冷和黑暗像磨盘一样压下来……没人会去管最后一根火柴到底是来自谁的手里,这根蜡烛点燃之后又会有什么样的命运。他们只会摊开双手,牢牢地捂成一个圆形的城堡,为了让最后一根火柴点燃,他们甚至不约而同地屏住呼吸……

爱尔兰的约定

文 / 宋敏

爱情是不按逻辑发展的,所以必须时时注意它的变化;爱情更不是永恒的,所以必须不断地追求。

——柏杨

热闹而又孤独的杜凉生

乍听杜凉生这个名字,还以为是个羽扇蹁跹的白马少年,面容清秀,工诗善词。事实上,杜凉生和白马少年这个形象相差甚远。他不但皮肤黝黑,身材健硕,就连说话都是粗声粗气,丝毫不懂得温柔风情。

幸好,外表粗野的杜凉生会摆弄几下篮球,否则,铁定是天煞孤星的接班人。

杜凉生的球技不错。每次高校联谊赛,他带领的球队不但能博得阵阵欢呼,还能捧个不值几文钱的大红奖状回来。

杜凉生在外语系,典型的女多男少。在杜凉生没来之前,该系的男篮获奖纪录,还是处于空白状态。也是因为这样,长日冷若冰霜的系主任才会把成绩平平的杜凉生捧得跟太子爷一般。

身在花丛中,杜凉生打篮球从来不缺少啦啦队。不管哪天比赛,系主任只要随便调配两个没有课程的班级过来,就能为杜凉生吼上大半天。

一到中场休息，就有一大帮花儿围上来，端茶的端茶，送葡萄糖的送葡萄糖，递毛巾的递毛巾，好不热闹。

可惜，现实往往不是你看到的那样。

整天被蝴蝶围困的杜凉生，至今依旧单身。

也不是没人主动投怀送抱，可那些惯于主动的，大都是侏罗纪公园里的霸王。杜凉生虽然黑了点，但好歹也算是个公众人物。就算他自己拥有奉献精神，敢于冒险，可也得考虑下旁观人士的心脏承受力。

啦啦队里是有几个不错的姑娘，一眼看去，就有触电的感觉。可惜，没有一个喜欢杜凉生。她们鼓作欢颜，前来伺候杜凉生这个非洲佬，也不过是惧于系主任的威严。

每次篮球活动之前，系主任都会三令五申，同学们啊，尤其是啦啦队的成员，给我把杜凉生伺候好啦！要知道，他可是咱们系的荣耀。谁要是不顾集体利益，那可别怪我取消他的所有评奖评优资格，当然，也不要想几年后我会在他的就业推荐表上签字……

校园版《非常勿扰》

杜凉生很清楚自己有几斤几两。篮球这东西，在大学里玩玩尚且可以，踏入社会，谁还有闲情逸致坐在烈阳下面看你耍宝？再说了，你也不能跟面试的主考官说你最擅长的是打篮球吧？人家招的又不是长臂猿。

对于年年挂科的杜凉生来说，自主创业，实在是条别无选择的路。

杜凉生的脑袋不算笨，尚且有点经商的天分。老老实实看了一个月的《致富经》栏目后，杜凉生终于有了最终决定。

那时，《非诚勿扰》这个节目正火得不得了。杜凉生突发奇想，难道就不能在校园里搞一个微型版的《非诚勿扰》么？

杜凉生给家里打了不下二十个电话，软硬兼施，最后要到了可怜巴巴的五万块钱。

租了店铺,印了传单,又简单装修了一下,这笔钱便就所剩无几。看来,买音响,找主持是不可能了;找家里资助?那更不可能。就这五万块钱,杜凉生他爸还让儿子打借条呢。

杜凉生想了一夜,总算是有点眉目了,动态的《非常勿扰》搞不了,难道我就不能搞一个静态版的么?

一周后,杜凉生的"告别单身"小店,终于开张。

推门而入,顿觉眼花缭乱,目不暇接。杜凉生嘿嘿地笑着说,这就是我要的感觉。

惨白的墙壁漆成了四种不同的颜色,不同的颜色,代表不同的类型。蓝色代表文静,黑色代表神秘,红色代表热烈,橙色代表性感。

每个颜色下面,都有两只精致的木箱子,一男一女,箱子上贴有各校单身男女的照片和极其简单的资料。为了得到这些照片和资料,杜凉生到处奔走,脚后跟都磨出几个大血泡。

杜凉生笑嘿嘿地说,同学们,今天刚开张哈,五折优惠,五折优惠。凡来本店的单身男女,都可以按照自己喜欢的类型,进入相应的颜色。看上谁,和我说一声,留下联系方式和近身照片,我会尽快联系对方。如果对方对你有意的话,我会在第一时间帮你们安排好约会地点。速配成功之后,再收取费用。无效,分文不取的哈!

莫名其妙的艾萌萌

如果光以进店次数来算,艾萌萌绝对是杜凉生最忠实的客户。

艾萌萌每天至少要来三次,风雨不歇。有时,杜凉生课程太满,没开门,她就站在招牌下面给杜凉生打电话,一遍又一遍。

要是艾萌萌长的不漂亮,杜凉生早就把她踢出小店了。

看到艾萌萌的照片之后,很多男生都主动留下了照片和联系方式。可惜,艾萌萌一个也看不上。

杜凉生心急啊，艾萌萌来那么长时间了，他可是一分钱都没拿到啊。再这么下去，光电话费都够他赔的。为了能够早点把艾萌萌速配出去，杜凉生特意把艾萌萌的照片放到了小店柜台上。

以前在蓝色那一栏里，艾萌萌特别招单身男孩喜欢。奇怪，现在放到最显眼的位置，反倒没人注意了。

正当杜凉生百思不得其解时，一位进店的小妹忽然点醒了他。哎哟，老板，就算你想让所有单身男孩都知道这位艾萌萌是你心上人，已经名花有主了，也用不着这么明目张胆吧？

杜凉生赶紧端起杯子猛灌几口，差点没被煎饼果子噎死。不过，一分钟后，杜凉生看着柜台上的照片笑了。艾萌萌？嗯，看起来不错，眉清目秀，也算是个美女。

这是杜凉生第一次仔细看艾萌萌的资料。和别人有所不同，她最喜欢的国家，既不是繁华富裕的美国，也不是美丽醉人的新加坡，她只钟情爱尔兰。

杜凉生地理烂得一塌糊涂，爱尔兰在哪里？南半球还是北半球？他不清楚。

艾萌萌是个通情达理之人，她知道自己给杜凉生添了不少麻烦，因此，几乎每次来都会给杜凉生带点吃的喝的，算是贿赂贿赂，拉近关系。

时间长了，也就熟了。

张国荣的为你钟情

杜凉生是个怀旧种，特别喜欢老歌。现代流行的什么饶舌啦，重金属啦，摇滚啦，他没一样感兴趣。

艾萌萌来的时候，杜凉生正坐在小店里听张国荣的老歌，《为你钟情》。

艾萌萌一听，眼里即刻跳出火花，哇，你也喜欢张国荣？那你看过这

首歌的 MV 吧？没看过？那你回去打开电脑找找看，特别感人，尤其是在你知道张国荣和梅艳芳的故事之后。

闲着无聊，杜凉生打开手机浏览器，查了下关于张国荣和梅艳芳的故事。

梅艳芳生前独爱刘德华，可惜，她一生也未能得偿所愿。她曾和张国荣有过约定，张国荣说，如果你四十岁仍旧单身，那我们俩就结婚。梅艳芳同意了。

可惜，梅艳芳没能等到那一天。1963 年出生的她，于 2003 年逝世，那年，她刚巧四十。更为悲情的是，张国荣竟然在同年愚人节，先她而去。

杜凉生打开电脑，看了《为你钟情》这首歌的 MV。看着看着，眼泪忽然就掉了下来。

两个孤独一生的人，终于在这首歌中喜结连理。

艾萌萌说，杜凉生，要是大三下学期我还单身的话，你就追我吧。

杜凉生在电话这头想想，答应了。

无疾而终的恋情

大三下学期，艾萌萌仍旧单身。杜凉生信守承诺，给她发了条求爱短信。就这样，俩人手牵手走过了那个炎热的夏天。

其实，杜凉生最爱的，是同在一系却从来不当他啦啦队成员的苏可倩。他拼了命地练好球技，打好比赛，也无非是想有一天苏可倩能喜欢上他。

然而，直到大四，苏可倩都没来看他打过一场完整的球赛。

杜凉生做单身小店，不是没有私心。他多希望有一天，苏可倩能走进她的店里，这样，他就能顺理成章地接过她的一切希望，并给她世间最完整的幸福。

大四上学期，英语好得不能再好的苏可倩，申请留学成功，提前去了英国。杜凉生彻底疯了。

暗恋三年，到最后，苏可倩连他的名字都未必知道。这是多么荒唐的事情。

杜凉生独自坐在街边的大排档里，喝了满满十五瓶青岛啤酒。最后，窝在路旁的大树下，吐得天昏地暗，幸好有熟人给艾萌萌打了电话。

杜凉生和艾萌萌的恋情，还是没能坚持到最后。

临近毕业，俩人就这么慢慢地淡了下去，直至淡成一杯再无瓜葛的白开水。

很多恋情都是这样。莫名其妙地开始，又毫无头绪地死去。

爱尔兰的秘密

毕业的时候，艾萌萌托人给杜凉生送了一封绵长的告别信。

凉生，你还记得你喝醉的那晚吗？萧索的风中，我紧紧抱着你，而你，却含糊不清地念着另外一个人的名字。原谅我在无意中偷看了你的手机，多可怜，在你的手机相册里，都是她的背影和侧脸。我整天和你在一起，而你，却从来没有为我拍过一张照片。

凉生，你曾经答应过我，会陪我去爱尔兰看看。你知道我为什么钟情爱尔兰么？你不知道，那我现在告诉你。

在爱尔兰，办理结婚登记的费用，会因婚期的长短而不同。如果婚期为1年，那么，需要缴纳2000英镑；如果婚期为100年，则仅仅只需要0.5英镑。最高收费是最低收费的整整4000倍。这是他们鼓励长久婚姻的办法。

在爱尔兰，还有另外一件耐人寻味的事情。那就是在所定的婚期里，无论如何都不能提出离婚。婚期不同，结婚证书也会有所差异。婚期为1年

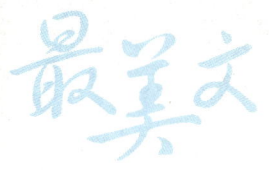

的新人，得到的是厚如百科全书的两大本结婚条例，里面逐项列举了男女双方应尽的各项权利和义务。而对婚期为 100 年的新人，政府所给予的，仅仅是一张薄薄的纸条，上面写着市首席法官的祝福：

尊敬的先生、太太：
我不知道我的左手对右手，
右腿对左腿，
左眼对右眼，
右脑对左脑，
究竟应该承担起怎样的责任和义务？
其实他们本来就是一个整体，
只因为彼此的存在而存在，
因为彼此的快乐而快乐。

凉生，这就是我迷恋的爱尔兰。
因为它有一个无法解除的一百年的爱情约定。

（原载《意林》2011 年第 21 期）

大抵无疾而终的爱情，都是让人心疼的，可是有什么办法呢？我爱你，你却爱着另外一个人。爱情就是这样的吧，总是不能符合心意。

毕业记

文 / 马朝兰

爱情是理解和体贴的别名。

——泰戈尔

记忆中,你明明还是昨天那个拖着箱子好奇张望的少年。可今天,你却坐在了散伙饭的筵席里。

人很多。认识的不认识的,都来了,菜摆了满满一大桌。

那晚,你吃得很少,喝得倒是很多。最后,你抱着同寝四年的好兄弟说了些莫名其妙的话,继而哭得稀里哗啦。

你陪那个暗恋了许久却又不敢表白的女生喝了好几杯。你告诉自己,第三杯的时候,你一定会勇敢,会告诉她,这些年,你有多么多么喜欢她。你记得她的生日,记得她最爱吃的菜,甚至,记得她的学号和身份证号码。

可惜,第三杯酒才喝完一半,她的男友就过来了。更巧的是,你认识他。

他举着杯子敬你,说谢谢你这些年对她的帮助。你笑了,抢起满满一瓶酒,仰面而尽。

你到底还是没能勇敢起来。

翻江倒海吐了一夜之后,生活还得继续。

毕业照已经分发到你的手里,那时候,你笑得多么甜蜜。你觉得,人生本来就是一场不得不散的筵席。

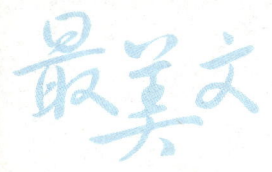

你和一群熟悉的脸站在一起，兴高采烈地抛起黑色的学士帽，身后，烈阳千里，碧草如茵。你不知道为什么要扔帽子，反正，电影里演的照片里拍的，都是这个样子。

第二天，拖着昏沉沉的脑袋才醒过来，你就发现，宿舍里已经空了一个位置。

他是你最好的兄弟，竟然，不辞而别。

你打开手机，才发现，他早已来过短信。他说，他多么害怕和你别离。昨夜，他一个人想着想着都掉了很多眼泪。

你坐在床上，看到他空空如也的上铺和书桌，视野忽然模糊了一大片。

你没告诉他，其实你也悄悄买好了车票，你本来也打算不辞而别。只可惜，他走得比你还要早。你计划好的事情，一切都已来不及上演。

你给最好的兄弟买了一把吉他，到现在，都还放在暗沉沉的衣柜里。你生怕他发现，还用羽绒服把吉他遮得严严实实。你打算在你走的那天悄悄放在他的书桌上，可惜，他的书桌空得比你还要早。

你给你最喜欢的女生写了一封信，洋洋洒洒，数以千字。其实，写到最后，你都不知道自己到底说了些什么。只是记得，流了好多眼泪，为此，你还暗骂自己矫情。

楼道里忽然响起了拖箱子的声音，接着，宿舍门被上锁。一切关于青春的记忆，都被关在了那扇熟悉的门内。

你知道，明天的人生已经启程。可你却不知道，明天到底是个什么样子。

（原载《语文周报》2015年第6期）

我们曾经那么痴迷一个人，以至于觉得只要她好，就好了。她承载了我们对青春的所以记忆，错过了，青春的门，也就关上了。

青春楼阁正斜阳

文 / 马丽华

你永远也看不到我最寂寞时候的样子，因为只有你不在我身边的时候，我才最寂寞。我爱美，君可知。

——史莱克·朴

一

马蓝风第一次来我家时，头发尚且很短，穿一件白纹灰底的T恤，清瘦得有些憔悴。

母亲一直在厨房里问姐姐，这小伙子身体应该没什么问题吧？乍一看，瘦得实在厉害，丫头，你可别让他学现在的小青年玩命减肥啊，吃好喝好才是正道理！

姐姐笑了，妈，哪有啊？他平时吃得比谁都多呢，可就是胖不起来，我有什么办法？

此刻，我正在三楼的阳台上写字。马蓝风坐在起风的院子里，微眯着眼睛。他坐在青色的石板上，周围开满了淡黄柔嫩的雏菊。

他仰头跟我打招呼，嗨，你是小雪的妹妹吧？我叫马蓝风。

他的声音和他的名字一样，有着与众不同的线条，密密麻麻，如雨似雾地在我心间落满了颜色。

马蓝风？我一直在心里默默念叨着这个奇怪的名字。他一直仰着脸，等待我的答案。后来，是姐姐替我回答了他。蓝风，那就是我小妹，不过她内向极了，很少说话。

饭桌上，母亲一直朝马蓝风碗里夹菜，说他太瘦了，得多吃点儿。马蓝风笑笑，露出一排洁白的牙齿。兴许是他过于清瘦的缘故，每每笑起来时，黑亮的眸子里总散发着一种若有似无的忧郁。

饭后，他遭到了母亲连接不断的炮轰。小伙子，你吃饱了没？在哪儿工作？家里几口人？父母都做什么工作？你和小雪将来有什么打算？诸如此类的问题，差点没把姐姐逼疯。

幸好她事先和马蓝风打过招呼，说我母亲向来有普查户口的嗜好，因此，从始至终，马蓝风都一直保持微笑。

马蓝风是当地电台的播音员，负责《青春风铃》这一栏目，每晚十点准时播出。

临别的时候，他一直朝我和母亲说，晚上十点，要是没事儿闲着，记得收听我的节目哦！

姐姐推搡着他说，算了吧，我妈离不开电视剧，我妹离不开电子小说，他们是绝对不可能抽空给你捧场的。

二

晚上9：30。

音乐之声栏目仍未结束，MP4里的电满格，姐姐在明亮的衣镜前梳理头发。

晚上9：45。

一段冗长的汽车广告翻来覆去地播了三次。

晚上9：55。

月光爬进窗台，我躺在偌大的双人床上打开MP4里的电子书，耳机里等待的却是马蓝风的声音。

晚上10：00。

浓重的树影斑驳地倾上被褥，马蓝风的声音如期而至。

大家好，我是蓝风，很高兴能在这个特别的时刻里与你会面……

透过扩音话筒和无法触摸的电波，马蓝风的声音显得更为缥缈与厚重，我的手指彻底停住了。

许久之后，睡在一旁的姐姐终于开了口，小妹，你睡着了吗？睡了没？

当她伸手要把我的耳机摘下来时，我瞬间慌乱得如同惊兔。我按住耳塞，故作镇定地说，没睡，没睡，我正在看小说呢。她笑笑，你今天看得也太慢了吧？那么长时间都不翻页。

我彻底沉醉在马蓝风的故事里。他的声音厚实而不老成，有一种青春洋溢的冲动。我清楚记得他那天朗诵的爱情故事，名叫《暗恋一阵无悔的风》。

我忘了他的节目何时结束，在听众互动的环节里，我彻底睡熟了。没人知道，从那一天起，我彻底迷上了马蓝风的声音。我每天把MP4的电充得满满的，只为确保能在那个特定的时间里听完他口中的动人故事。

我依旧把电子书打开，依旧忘记翻页，依旧习惯提前半小时等他。

三

马蓝风第二次来我家的时候，头发长了许多，眼神忧郁，特像漫画《幽游白书》里的男主角。

我站在三楼的阳台上写字，眼睛里的余光却一刻也离不开他的身影。柔软的毛笔尖在惨白的宣纸上走着杂乱的印迹，像我此刻凌乱的心。

姐姐和母亲进了厨房。马蓝风跑到三楼上找我，他说，你能不能告诉我一些关于你姐姐的小秘密？

　　他站在我的跟前，如同一棵笔直的红枫树。那些慵懒而又使我沉醉的声音，如同簌簌掉落的枫叶。风从他的背后刮来，卷着一股淡淡的茉莉香。

　　碧浪洗衣粉，我喃喃地说，不料，却被他听到了。他把头探向厨房的位置，扯着嗓子大喊，小雪，小雪，你妹妹和我说话啦！她鼻子好厉害哦，竟然知道我用的是碧浪洗衣粉。

　　我把头深深地埋进衣襟里，丝毫不敢动弹。他接过我手中的毛笔，轻言慢语地说，写毛笔字一定要学会如何控制手腕的力量，并且，要懂得善用笔锋。

　　说完理论之后，他摊开新纸，写了一个大大的"马"字。而后将毛笔递到我的手中，极为严肃地掌着我的右手，教我写字。

　　他的手指颀长，手掌宽厚，如同一只温热的手套，将我的小手紧紧圈住，我的手背上有一股陌生的暖流在体内疯窜。

　　不过是两个字的时间，我的手心里便溢满了黏稠的汗。马蓝风轻柔地放开我的手，把刚说的理论又重复了一遍，而后，转身下了楼梯。

　　浮光遍地的阳台上，我依旧痴痴地站在原地，手中握着棕色的毛笔。我一直不敢摊开手掌，一直不敢回头。我知道，那些细密的汗一定会暴露出我心里的全部秘密。

　　身旁，似乎还有残留的茉莉香。纸上，有三个我一直不敢读出的字。马蓝风。

四

　　我依旧躺在床上开着MP4，只是，心里忽然多了一种前所未有的情感。马蓝风已有45天没来过这里，院子里的雏菊已经凋零。

　　这些天，一听到他的声音，我就有种想哭的悸动。他的故事，到处画满了我的影子，那些自卑而又内向的女孩，活脱脱就是我的写照。

我开始学着坐在窗下写日记，目的只为在这惊鸿一瞥的相会里多留些关于马蓝风的记忆。

马蓝风来的次数逐渐多了，因为姐姐和他已经走到了谈婚论嫁的地步。"五一"的时候，他和姐姐去海南度假，七天的分离，让我几乎走到了崩溃的边缘。

电台把十点的《青春风铃》全数换成了广告，无数的商家都想趁这个时机大卖大赚。我睡在宽敞的双人床上，忽然被孤独的洪流所吞没。

马蓝风回来的时候，皮肤黑了不少。不过，看起来精神了许多。他打开黑色的旅行包，伸手从包里把东西一件件取出来，口中还礼貌地问候，叔叔，这是给你的；阿姨，喏，这是你的。

最后，他递给我一个超大屏幕的 MP4，咧着嘴说，小妹，这是特意送你的，我和你姐逛了好多家商场才选到它。你看，屏幕超大，很适合你看电子书，并且音质也很好。

马蓝风，你知道吗？那是很久很久之前的我。现在，我整月都看不了一本书。你知道为什么吗？因为我把所有的时间都用去等你了。

我给马蓝风的栏目组写了封信。为了不让马蓝风认出我的字迹，我特意去几里外的文化室做了一份打印稿。

马蓝风留下了我写给他的话，当他在节目里启齿念出我的心声时，我顷刻泪落如雨。

这世上，如果有一万人在 10∶00 准时收听你的节目，那么，我便是这一万人中的一个；如果有一千人从 9∶30 就开始等待你的声音，那么，我便是这一千人中的一个；如果有一百人因为你开始写日记，那么，我便是这一百人中的一个；如果有一个人，因为你而放弃了最初的爱好，并肯为你赴汤蹈火，那么，这个人便一定是我。

五

周末,马蓝风带姐姐和我去游泳。路上姐姐说,小雪你知道吗?蓝风的节目做得多成功,都有小女生给他写暧昧信件了。

我不会游泳,因此对深水区有一种莫名的恐惧。马蓝风说,要是我不敢放开胆量尝试的话,那么一辈子都只能是旱鸭子。因为马蓝风的话,我勇敢地随着姐姐进了深水区。她一面踩着水,一面伸手扶起我的肚子,教我游泳的技能。

就在我刚学会用双手扑腾的时候,姐姐的右腿忽然痉挛,她的声音像一枚硬币落入水中。而我,在失去了她的掌控之后,也迅速掉进了泳池深处。

微凉的水争先恐后地涌进我的鼻孔,使我头颅发麻。我想,马蓝风一定会救我,于是,我平静坦然地在水中等待。

的确,有一只强壮的手从背后抱住了我。当我在浅水区站稳,不顾疼痛的咳嗽,欣喜若狂地睁开迷蒙的眼睛时,才知道救我的不是马蓝风,而是一名在此工作的救生员。

马蓝风一脸焦急地站在岸上,不停地捶着姐姐的后背,他一遍又一遍地问,好些了吗?还难受吗?要不要坐会儿?

当姐姐抬头搜寻我的去处时,马蓝风才忽然想起,原来一同落水的,还有一个内向自卑的我。

我把头深深地埋进浅水区,马蓝风说,没事儿,你看她还挺会总结经验,趁热练憋气呢。马蓝风,你听过心碎的声音吗?如果你足够仔细的话,那一定会明白,我之所以那样,是不想让你看到我委屈的泪水。

我依旧收听马蓝风节目,依旧从9:30等待他的声音。只是,我心里再也没有当初的风暴。因为我知道,他的心很瘦很瘦,已经住不进另外一个人了。

院子里的雏菊又开了，青色的石板空了出来。夕阳普照楼阁，流云洒满天际。我握着棕色的毛笔站在三楼的阳台上，听到有一股名叫青春的风，无怨无悔地吹开了明天的日记。

(原载《考试报》2015年第6期)

暗恋是凄美的，更像是自己与虚空对话，自己的心事，自己的情感，对方都丝毫不会知道。可是，这便是暗恋最美的地方了。

我们一起喜欢过的女孩

文 / 罗静

爱情，你的话是我的食粮，你的气息是我的醇酒。

——歌德

蓝色百褶裙

当时喜欢苏雨辰的不止我一个人。十八九的年纪，总是很容易对漂亮的外表着迷。如果看到这篇小说，苏雨辰一定很生气。因为实质上，苏雨辰漂亮的不仅仅是外表。

据我所知，苏雨辰是我们大学里唯一一个肯定期给山区孤儿捐款的学生。好吧，我承认我又有点矫情了，喜欢就喜欢，明明是喜欢人家的外表那么肤浅，还非得摆出一套是喜欢人家心灵美之类的冠冕堂皇的理由。

苏雨辰的确善良，只是，这善良有的时候感觉都有点泛滥了。就拿暗恋这件事情来说吧，是人都知道顾凉安，我，夏爱阮三个人都喜欢苏雨辰，可苏雨辰偏偏不做出一个明确的选择，那若即若离的状态，几乎要把我们逼疯。

好吧，我的用词又出现问题了。既然大家都知道了，又怎么能说是暗恋呢？好，从今天开始，我改成明恋。明恋和暗恋有所不同的是，明恋是公开的，而且是带有进攻模式的。

等等，在开始进攻之前，请允许我唠叨两句，让我讲讲我们三人是怎么同时喜欢上苏雨辰的。

那时刚入学，天天军训，动不动就站军姿。没办法，除了眼睛之外，什么地方都不能动，于是，我们这三个有着爱美之心的男同胞们就展开了搜魂大法。别说，这种方法还真管用，忽然时间过得特别快。

音乐系是出了名的男多女少，就拿我们这一届来说吧，点来点去，就算没人缺席，那也只有11个男生。这就伤脑筋了，几百号美女站在你面前，让你看啊看，选啊选，累。所谓姹紫嫣红，百花争艳，其实是个贬义词。太红太艳了，容易让人脑袋发晕。

经过几次军姿之后，我和顾凉安做出了一个重大宣誓，本届最好看的女生，就是那个扎着马尾的山东妹。

夏爱阮凑过头来磨叽，她啊？早知道啦，女，19岁，祖籍山东青岛，未婚，钢琴专业，单身，名叫苏雨辰……好看是好看，不过穿着迷彩服，也不能具体做出判定。我个人觉得，她比其他女生好看不了多少，顶多就是高个两三分。

我和顾凉安彻底惊呆了。原来，真人都是不露相的。只是，半个月后，我和顾凉安便开始彻底鄙视夏爱阮。因为事实证明，脱下迷彩服换上蓝色百褶裙的苏雨辰足以冻住每个男生的眼球。当然，其中也包括夏爱阮这个臭屁王。

低头闻见的硝烟

自从苏雨晨以窈窕淑女的形象出现过之后，她就彻底成了男生宿舍的爆炸话题。高年级的学长们一个个如狼似虎，蠢蠢欲动，为了不让他们有机可趁，我决定先下手为强。

国庆7天长假如期而至，早就听我的爪牙们说苏雨辰报了凤凰古镇的旅行团。如此良机，我怎能错过？

我悄悄取出半个月生活费去校门口的旅行社报了名，还特意嘱咐人家把我和苏雨辰安排到一个团。

天啊，我失眠了，那激动的心情，真是无以言表。出行前夜，我把我最帅的衣裤折了又折，压在柜子底，希望明天可以让苏雨辰在这些笔直的线条中读出我特有的男性沉稳魅力。

有点让我疑惑的是，顾凉安和夏爱阮这两个臭屁精也在翻箱倒柜地做工作。我禁不住好奇地问了一句，喂，两位帅哥，这么用心，明天是打算去哪儿约会吧？

秘密！这两个家伙，竟然异口同声地回答。

好吧，懒得理你们。我就不信，再美的约会，还能美过我和苏雨辰在凤凰古镇牵手散步？

一想到7天后回来苏雨辰就要名花有主，便忍不住万分窃喜。

第二天清早，我彻底崩溃了。谁能想到，顾凉安和夏爱阮这两个臭屁王也报了同一个团！

正当我们三人用仇恨的眼神打得火花四溅，刀光乱舞时，苏雨辰出现了，哇，这么巧？你们也报了这个团？

这不废话吗？三个人战意十足，都没有心情回答。

苏雨辰上车后，我率先出击，看到没？小子们，苏雨辰一过来就是拍我的肩膀，说明什么？说明她潜意识里信任我，想要依靠我，觉得我能给她安全感，你们还是趁早死了这条心吧！

夏爱阮的回答再度让我气血内涌，可笑，真是可笑，知道苏雨辰为什么拍你的肩膀么？因为我们三人当中你最矮啊。你的肩膀最好拍，如果是拍我们的话，估计她还得踮下脚。

一定要让心爱的人受伤

好吧，我承认，受到情敌的人身攻击之后，我憋了一肚子的火气。没办法，我的恶作剧天分又开始作祟了。

我在苏雨辰的背包里悄悄塞了一张纸条，上面不但画了一个极丑的鬼脸，还写了"苏雨辰你真丑"六个大字。当然署名不是我。

事实证明，在成人世界里搞恶作剧，通常的结局都会很惨。

苏雨辰的背包一直到午餐时间才打开，纸条还没来得及打开，就被夏爱阮和顾凉安这个臭屁王起着哄抢走了。

哇，哇，谁给你写的情书？让我用磁性的嗓音给你念念。结果，夏爱阮刚打开纸条就懵了。

没错，这张纸条的署名正是夏爱阮。苏雨辰见他没反应，自己凑上去看了个明白。

用小脚趾想都可以猜到这个恶作剧出自谁之手，夏爱阮把纸条砸到我脸上，指着我的鼻尖说，小子，栽赃嫁祸也得动动猪脑子，明白不？这次算饶了你，赶紧给苏雨辰道歉！

苏雨辰赶忙起身圆场，好啦好啦，我又不介意，再说了，画的还蛮有创意的。

不行！他是冒我的名，就必须有一个说法，道歉！赶紧道歉！

呵，全世界就你一个人叫夏爱阮？我写别个夏爱阮关你鸟事！说这段话的时候，我自己都觉得有点牵强，但在自己喜欢的人面前，我总不能显得太软弱吧？

男性同胞的血液里天生就有好战因子。我还没来得及摆姿势，夏爱阮就冲我的腮帮舞了一拳。

那半口还没来得及咽下的包子一下从嘴里飞出好远，我毫不示弱，叽里咕噜骂着脏话还了他一拳。就这样，两人噼里啪啦地在旅行团的餐桌旁干了起来。

苏雨辰跑上来拉我们，要命，竟被我们一拐弄得脑袋撞到了板凳上。

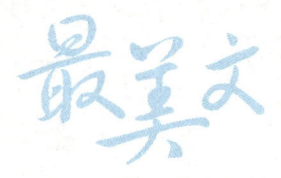

带着笑或是很沉默

我和夏爱阮各自心照不宣地退出了这场暗恋的战役，大家都觉得不好意思面对受伤上药的苏雨辰。

为了伤口更快愈合，苏雨辰被医生剪去了大半头发。学校问过几次，打算对我和夏爱阮进行处分。只是，她一直不承认她受伤是我俩打架所造成的。

夏爱阮跟顾凉安说，小子，好好把握，现在就剩下你一个了，你可得好好表现，绝不能让其他系的恐龙们糟践了祖国的花朵。

可惜，顾凉安天生就是个倒霉星。和苏雨辰说好一起逛街，偏偏碰上下大雨；跟苏雨辰约好一起吃饭，又恰逢校庆演出天天排练；咬牙送苏雨辰一大束玫瑰花，又被一个左右不分的白痴女生放错书桌……

顾凉安彻底精神瘫痪，在一个周末的寝室聚会上，微醉的顾凉安正式向我和夏爱阮宣布停止一切追求苏雨辰的活动。

就这样，折腾来折腾去，追求苏雨辰的重任，又再度压到了我和夏爱阮的肩膀上。

夏爱阮决定率先出马，用真诚打动苏雨辰，说要给她写世界上最长的情书。

夏爱阮每天三封情书的轰炸计划刚实施一个月，苏雨辰就主动向他抛出了橄榄枝，约他晚上八点去校门口的老树咖啡厅吃饭。

夏爱阮乐疯了。为了使他更有派头，我把我新买的还没来得及贴膜的苹果手机借给了他。当然，顾凉安也额外赞助了他一件高仿到真假难辨的阿玛尼大衣。

当天的夏爱阮，可以说是光芒万丈，备受瞩目。

我和顾凉安傻不拉唧地坐在宿舍里，像爹妈等孩子高考录取通知书一样着急，期待。

最后，夏爱阮带来的竟是一句噩耗，兄弟们，失败了。

还没等我们问为什么，他就给出了答案，苏雨辰说了，爱情是短暂的，亲情才是永久的，因此，因此，她决定接受我的爱……认我做她哥！

我和顾凉安那双兴奋伸出准备拍响的手，顷刻凝固在深秋的空气里。

有没有人能让你不寂寞

看着战友们一个个倒下，我实在没有再斗的勇气。跟顾凉安比，我不够高大威猛；跟夏爱阮比，我又不够帅气潇洒。既然他们俩都已经阵亡，我又哪里有继续向前的勇气？

这俩家伙倒好，天天怂恿我，给我上思想政治课。让我牺牲小我，顾全大局，如果不战而败的话，那实在太丢人了。

在他们的糖衣炮弹下，我再次鼓足勇气。只是我没约苏雨辰吃饭，更没给她写情书。我只是报名做了演出的后勤人员，天天跟在她屁股后面听使唤。

吃盒饭，刻碟片，没日没夜地排练。

苏雨辰说，我是第一个肯放下身姿来陪她的男生，我笑笑。

第一次单独见面，恰逢月底，我差不多身无分文，只好带着苏雨辰一遍一遍地压足球场。

夜幕刚刚降临，足球场的看台上就有人拉起了小提琴，真没想到平日熟悉至极的《梁祝》，在这个时候出现居然可以如此动人心弦。

刚要起身去看看是谁，就有一个人从看台上缓缓走了过来，这人戴着白色的帽子，我看不清他的脸。

小姐，您好，这是您身旁这位先生为您提前订好的玫瑰花，鲜花配美人，希望您喜欢！

说完，这人像变魔术一样从身后捧出一束娇艳的红玫瑰。就在他抬头献花的一瞬间，我看清了他的脸，这不是臭屁王夏爱阮吗？还真能装。

不用想也知道看台上的肯定是顾凉安。在这种光线下还能把小提琴拉得这么好，除了他还有谁？

抱歉，这一幕，连有点铁石心肠的我都被感动了。

苏雨辰靠进我怀里的一刹那，我忽然很想冲过去抱抱这两个跟我明争暗斗过很久的臭小子。

夏爱阮说，被众人暗恋的女孩，就像寒冬暗夜里的一根蜡烛。当围坐的众人绞尽脑汁划完手里的所有火柴也没能点燃这根蜡烛，当寒冷和黑暗像磨盘一样压下来……没人会去管最后一根火柴到底是来自谁的手里，这根蜡烛点燃之后又会有什么样的命运。他们只会摊开双手，牢牢地捂成一个圆形的城堡，为了让最后一根火柴点燃，他们甚至不约而同地屏住呼吸……

只有这一根被点亮的蜡烛，才能让他们看到青春岁月里的希望和温暖。

（原载《语文报》2015年第8期）

在这个人仰马翻的七月，我的青春盛开在记忆深处。挫折，只是一阵风，风来便起浪，风去便无痕。花儿因清风而飘香万里，人生因梦想而多姿多彩，我因你们的信任而变得更加努力。

裹着白色刘海的初恋

文 / 何东

这个世界上,所有事情都有障眼法。看见的,未必是真的,而真的你未必能幸运地看见。

——《十分爱》

一

许莉莉第一次见莫柏川是在青岛海岸的一幢奢华别墅里。

莫柏川家里的佣人恭恭敬敬地立在大门口叫了许莉莉一声老师,而后,领着她,穿过花园,左绕右绕,进了莫柏川的卧室。

许莉莉方向感极差,这么一弄,她真有点分不清东南西北了。

起初没来之前,家政公司的老板就跟她强调过很多遍,莉莉啊,你这次去带的,可是个挥金如土的富二代,你得好好教,知道么?人家开的可是三倍价钱。如果不是看在你家境困难,又是山东大学优等生的份上,我才不会把这份美差介绍给你呢!

苛刻的家政公司最后给许莉莉的报酬是40块一小时,不过,对于生在农村的许莉莉来说,她已经非常满意这份工作了。

莫柏川躺在宽大的席梦思上,烟头乱扔一地。许莉莉才进屋,就被浓重的烟味呛得涕泪交流。

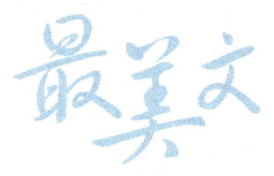

莫柏川对许莉莉这位不速之客视若无睹，他将脸转向一边，继而开始呼呼大睡。

许莉莉坐在洁净的书桌前，不知如何是好。过了许久，她鼓足勇气推了推熟睡中的莫柏川说，喂，醒醒，我是你新来的老师，喂，醒醒。

莫柏川懒懒地侧过头，斜睨了许莉莉一眼，知道了，土豹子，别打扰我休息好不好？你讲你的课，我睡我的觉，各司其职，又不是不给你钱。

就这样，衣着土气的许莉莉坐在莫柏川的书桌前，对着空气唠叨了两节数学课。

二

第四次见莫柏川，许莉莉特意找时髦的室友借了身衣服，她实在不喜欢土豹子这个称谓。

许莉莉站在衣柜的镜子前，双手提着衣服比划了许久，还是没有勇气换上它。已经习惯保守的许莉莉，到底接受不了这条性感的露肩裙。

莫柏川放下手里的电话，阴阳怪气地跟许莉莉打了声招呼，哟，土豹子又来啦？

许莉莉懒得理他。没来之前，就听很多做过家教的校友谈论，富家公子，大都不学无术，出言轻薄。不过，不要理这些人就是了，讲完两节课，拿钱拍屁股走人，各不相干。得罪他们有什么意思？我们最主要的目的是挣钱，干嘛和钱过不去呢？

许莉莉觉得这段话非常有道理。

掏出课本，许莉莉开始对着空气唠叨。

土豹子，你干嘛？我很难看么？还是我会吃了你？谁教你这么讲课的？莫柏川的眉毛皱得像两座高耸的小山。

你不睡觉了？

你以为我是猪么？只会睡觉。

那天，莫柏川心不在焉地听了许莉莉讲了两小时天书。期间，莫柏川看了不下三十次表，虽然显得很不耐烦，但他一直没有离开座位。

出门的时候问起佣人，许莉莉才知道，原来莫柏川的爸爸在卧室里装了高清摄像头。如果莫柏川再吊儿郎当，不服管束，他就会被强行送去西藏去服兵役。

三

第五次去莫柏川家里，莫柏川挤眉弄眼地把手里的听筒递给了许莉莉。许莉莉正莫名其妙，听筒那头就传来了一位中年男子的声音，喂，你好，是小川的老师吧？是这样，我是小川的爸爸，我想问下，周六一整个下午小川都不家里，他说是跟你在一起学习，是真的吗？

这头，莫柏川一脸哀求。

嗯，是的，他是跟我在一起，我们昨天出去买课本了。你知道，他底子不太好，得从基础开始打。许莉莉撒谎的时候，粉拳紧紧捏成一团。

挂完电话，莫柏川长叹一声，连连对许莉莉竖大拇指，嗯，是这样的，我这个人呢，不太喜欢欠人家。你既然帮了我，那么就是我恩人。放心，我以后会对你好点的。

莫柏川果然规矩了很多。

许莉莉发现，莫柏川和其他中学里的坏学生有所不同。他既不打耳洞，也不早恋，甚至还不打架泡吧染头发。

第八次上完课后，许莉莉语重心长地说了一句，莫柏川同学，其实，抛开抽烟厌学不谈，你还算是个懂事的孩子。

孩子？喂，乡下妹，我几岁了你知道不？你敢叫我孩子？莫柏川嗖地从沙发上站起来，恶狠狠地看着一脸茫然的许莉莉。

莫柏川翻箱倒柜，硬把自己的身份证塞给许莉莉看。

1986年6月13日？86年？许莉莉的表情，好像生吞了两条活蚯蚓。

你看了我的，我也得看看你的。莫柏川不依不饶，抢走了许莉莉的随身小包。

拉开拉链，哗的一声，莫柏川让那只寂寞的灰色小包表演了杂技底朝天。

铅笔、零钱、校牌、身份证、钥匙，噼里啪啦落了一地。最后，莫柏川尴尬地笑了笑。

那两片尚未拆封的粉红色卫生巾，像两团汹涌的火苗，在许莉莉的脸颊上燃起一大片红霞。

四

尚且高三的莫柏川比许莉莉足足大了一年零两个月，这个事实，完全在许莉莉的意料之外。

许莉莉通过家政公司，拿到了一份关于莫柏川的学习资料。初中的时候，他留过两次级，后来高考失败，又补了两次习。确切来说，这该是莫柏川的第三次高三。

再一次见到莫柏川，许莉莉忽然有点紧张，是因为太过于了解莫柏川，还是因为上次的尴尬事件？

莫柏川跟许莉莉说，24岁之前，他只有两条路可走。第一条，乖乖待在学校里，储备知识；第二条，去西藏参加服兵役，成为真正的男子汉。

这是莫柏川他爸的决定。

许莉莉忽然觉得，原来每个人都有身不由己的一面，富二代也一样。

时值六月，窗外的缅桂开得灿如繁星。莫柏川拉着许莉莉跑到香气四溢的花园里，掏出手机坏笑着说，来，乡下妹，好歹师生一场，总得让我拍张照片留个纪念吧？

许莉莉很少照相，不知该摆什么造型。莫柏川将她推到一棵茂盛的缅桂下面，手把手教她。

对，对，就拿着那串花！手低点，再低点！好，别动，一，二，三！

这不过是莫柏川的一个恶作剧。照片中，细碎的白色小花完全挡住了许莉莉的额头，只留出一双黑漆漆的小眼睛。

五

莫柏川再一次落榜。他站在山东大学的正门口，兴高采烈地给许莉莉打电话，乡下妹，你知道么？我又落榜了。不过，我已经24岁了，我可以自由了！

莫柏川为了庆祝自己终于获得自由，硬拉着许莉莉去五星酒店吃了一餐奢华的海鲜宴。

结账的时候，许莉莉拿着服务生送来的菜单对着满桌狼藉左看右看，眼睛差点鼓出来。莫柏川又笑了，乡下妹，你知道么？你好像不管在什么时候，都那么可爱。

因为这句话，许莉莉莫名其妙地高兴了大半天。

接着，莫柏川领着许莉莉穿过大街，做了一件非常有意义的事情。

站在邮局的柜台前，莫柏川掏出了一本两年前的杂志。杂志中间的彩页部分，印有十位急需帮助的山区失学孤儿的照片，信息以及汇款地址。

莫柏川填好单子，工工整整地在汇款人一栏上写下了"无名氏"三个字。

他捏着汇款单，捧着杂志，一张一张对了好几遍。许莉莉第一次见莫柏川如此认真。

莫柏川从上衣口袋里掏出一沓红艳艳的钞票递给工作人员，扭头坏笑着跟许莉莉说，乡下妹你知道么？我很早很早之前就想帮助他们了。可惜，我没钱，现在好了，我24岁了，我爸终于肯让我自由支配这笔存款了。

许莉莉忽然觉得此刻的莫柏川有些陌生，但这陌生，又使同样来自山区的她无比温暖。

六

结束学生时代的莫柏川和许莉莉渐渐失去了联系。

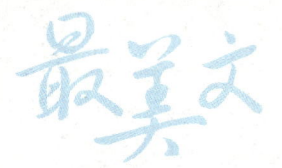

　　许莉莉承认，她是有点喜欢莫柏川。他和自己之前见过的所有男生都不一样，他幽默，风趣，言谈间带着与生俱来的贵气。最重要的是，他拥有一颗极其善良的心。

　　可许莉莉知道，她和莫柏川之间究竟有多远的距离。她的自卑，就像那些躲藏在刘海下面的青春痘一样，密密麻麻。

　　许莉莉偶尔会感到伤怀，但她明白，自己和莫柏川要走的，是两条截然不同的人生路。

　　再见莫柏川，已是半年之后。许莉莉拿着简历，像没头的苍蝇一样在拥挤的人才市场里乱撞。

　　听同学说，有家公司待遇很好，又招外语专业的毕业生。于是，许莉莉拿着简历去了。

　　站在人群背后的许莉莉，透过缝隙，忽然瞥见一个熟悉的身影。

　　半年没见，莫柏川成熟了很多。他穿着平整的黑色西服，坐在人事主任的位置上，微笑应答。

　　许莉莉忽然有点想哭，是因命运的错综复杂吗？还是因为好久不见而有所感怀？或许，她自己都搞不明白。

　　坐在空荡荡的寝室里，许莉莉再次翻看那张莫柏川用蓝牙传给她的照片。

　　照片里，清瘦的许莉莉面如红霞，妖娆的白色碎花像繁星一样卷裹着她的刘海，刘海背后，则深藏着一曲无人听懂的少女之歌。

（原载《语文周报》2015年第22期）

　　在青春里相遇，在经年里失散，不是每一段爱恋都会修成正果，有的，甚至连机会都没有。

如果你懂少年心

文 / 代孔胜

> 青春似一日之晨，它冰清玉洁，充满着遐想与和谐。
>
> ——夏多布里盎

一

杜子腾被校长在每周例会上骂得狗血喷头之时，贾小乔正捧着一把瓜子，站在台下嗑得忘乎所以。

杜子腾几乎是每月必批的专门对象。起初，贾小乔还觉得有些新鲜，可时间一长，才发现校长每次讲的都是那些陈腔滥调。

哎，你说这校长是怎么了？人家"肚子疼"都那么有创新意识，每月换着花样来违规，为何他老人家就不能编点新词呢？

贾小乔嘟嘟囔囔地说了一个下午。而杜子腾始终昂首挺胸，故作从容地站在台上，一副英勇就义，宁死不屈的模样。

每次例会都感觉像是在听评书，似乎是完了，该结束了。但到了下周同一时间，又还是同样的人物，同样的地点。

那时候，杜子腾简直成了全校坏学生的偶像。他胆大包天，无所不为，俏皮无厘头的言语，足以把所有老师都弄到肚子疼。

没办法，学校里的一半设施都是他爸爸捐赠赞助的。学校操场中央的功德碑上，第一个，就是他爸爸的大名。与之形成鲜明对比的，是高中部教学楼下的违纪通知栏，上面的第一个，就是杜子腾。

二

杜子腾的爸爸把厂里的二手车转给了他的宝贝儿子。

虽说是辆旧车，但杜子腾依旧爱若珍宝。那段时间，他安分极了，成天坐在教室里画图纸，算框架。他绞尽脑汁，到底要怎样才能把这辆二手小轿车变成敞篷跑车？

如果抛开美观不谈的话，杜子腾的创新意识，绝对是前无古人后无来者。他花五十块钱，雇了班里的两个体育壮汉，专门负责切割轿车的顶棚。

呲呲呲呲，火花四溅，不到一小时，轿车的顶棚就像罐头的盖子一样被彻底掀开了。杜子腾拍手大叫，好！好！不愧是我精挑细选的工程师！

坐下来休息的时候，杜子腾越看越觉得不对劲儿。后来，他终于想通了，小轿车是四开门，而跑车大多是两开门，当然会有些别扭。

为了把四开门变成两开门，杜子腾又多花了五十块钱，折腾了一晚上。两扇门中间的钢铁横档，直接被杜子腾切掉了。两扇门焊成一扇门，威风八面。

结果，杜子腾这辆车，还没开出十米，就招来了一大帮好事者。估计，他们谁都想看看，杜子腾该如何在狭窄的街道上打开这扇长约两米的巨型门。

悲剧的事情往往是发生在明媚的午后。杜子腾怎么也没料到，靠边停车之后，自己这扇门，竟然能从行车道延伸至人行道。

结果，骑着自行车一路飞奔刚巧路过的贾小乔，糊里糊涂地成了空中飞人。

三

杜子腾莫名其妙地成了肇事司机，被交警请回局里做口供。

贾小乔跟着去了。当交警说杜子腾私自改造行驶工具，要没收其驾照时，沉默的贾小乔终于开口了，叔叔，不好意思，完全是个误会，他是我弟弟呢。

剧情忽然峰回路转。

杜子腾意气风发地拍着贾小乔的肩膀说，哥们儿，以后有什么需要，言语一声就行。你看，我就在那个中学里念书。

知道，知道，久仰大名，杜子腾先生，你这名号果然是名不虚传，谁见了你，都得肚子疼！贾小乔没好气地说。

哇！兄弟，原来咱们是同一个学校的啊！杜子腾感激涕零，不分青红皂白，无视大庭广众，上前紧紧抱住了贾小乔。

啪！杜子腾的小脸上彻底绽开了花儿，他这时才明白，原来这小子，是个姑娘！

杜子腾捂着他的小脸，不知如何是好。

四

第二节课刚下，贾小乔就在食堂碰见了杜子腾。杜子腾站在人群中，唾沫横飞地炫耀着他的辉煌改车史。

才瞥见贾小乔的侧影，杜子腾就顷刻安静得像口枯井。贾小乔丝毫不给面子，上前指着鼻子就骂，小流氓，接着吹啊，怕啥？怎么不和他们吹吹你今早在局里的猥琐表现呢？

杜子腾彻底无语，表情像刚吃了二斤绿头苍蝇。

假小子，你太不给面子了吧？你也不问问，这是谁的地盘！杜子腾不甘示弱，依旧做着困兽之斗。

贾小乔不慌不忙地从裤兜里掏出一支烟，点上，深吸一口，而后，朝着一愣一愣的杜子腾狠狠吐去。

杜子腾一面咳嗽，一面含糊不清地喊，老师啊，老师，有人在食堂里

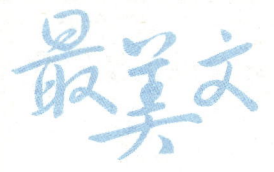

抽烟，快来抓住她呀！

这次，杜子腾彻底败了。他绝对没有想到，这个假小子，竟然敢在公开场合抽烟。

颜面尽失的杜子腾最终决定要让这个假小子拜倒在自己的牛仔裤下，挽回失去的尊严。

五

周末清早，杜子腾把他的敞篷车开到了贾小乔的楼下。嘀嘀嘀，按了足足十分钟的喇叭。

这招果然奏效，原本避而不见的贾小乔，慌慌张张急急忙忙地冲上了阳台。杜子腾得意洋洋地熄了火，还没来得及抬头，就听到了哗的一声。

整桶凉水，一滴不漏，全都倒进了杜子腾的车里。

贾小乔以为杜子腾会知难而退，岂料，周一刚出小区，就被杜子腾拦下了。

嘿，贾姑娘，昨天还真是得谢谢你啊，如果不是你，我估计一辈子都不会想到，原来，我的改装跑车，还存在一个比较严重的排水问题。不过没关系，我连夜雇人装了个塞子。你那桶水，不但没有伤害到它，还让它光鲜亮丽，增色不少。你看，咱俩是不是特别心有灵犀？

贾小乔鼓着眼睛，差点没往杜子腾脸上啐一口唾沫。经过几次失败的战役，杜子腾还是有了一定的斗争经验，见势头不对，赶忙撒腿飞跑。

谁能想到，一个破书包都有人抢。贾小乔外表虽然刚烈，但到底是个姑娘，才看到三个彪悍的歹徒，就有些腿软了。

杜子腾开着他的敞篷车刚好路过，原本打算悄悄跟踪贾小乔，岂料，竟碰上这档子事儿。杜子腾二话没说，把喇叭摁得脆响，站住！站住！不然我开枪了！

贾小乔彻底傻眼了，她就这么愣愣地站在原地，看杜子腾踩着油门横街过市狂追歹徒。

杜子腾回来了，神情沮丧，鼻青脸肿。费尽九牛二虎之力改装的敞篷车没了不说，还被别人痛扁了一顿。

贾小乔于心不忍，刚准备说点安慰的话，杜子腾就开口了，丢了些什么东西？别怕，我买来送给你。

看着杜子腾真诚的眼睛和微微浮肿的脸，贾小乔忽然有点感动。

六

杜子腾还没来得及继续纠缠贾小乔，高三就像洪水猛兽一般来了。

杜子腾的爸爸知道自己的宝贝儿子有几斤几两，因此，早早托人在北方找好了一所职业大学。杜子腾只需在里面混上几年，就可以出来继承父业，杜子腾没有选择的权利。

他以为，只要自己放纵捣蛋，职业大学就会把他开除，他就可以重返南方的城市。因此，在登记表上，他胡乱填了一通。曾获哪些奖项这一栏里，他用大红的笔墨写着，该生在校曾多次获得康师傅绿茶再来一瓶的特等奖励。

杜子腾不知道，这类职业大学，平日连学生都招不够，怎么可能开除富家子弟呢？尽管他在档案上胡言乱语，可终究还是被录取了。

贾小乔最后一次和他通电话，是在高三的夏天。五月，草长莺飞。

杜子腾一直没把最后的话说出来，其实，他是真的喜欢贾小乔。可在这个关键的时刻，他怎么能用个人情感去影响贾小乔的最后冲刺呢？

听班里的同学说，贾小乔最后报了海南大学，以她的分数来看，绰绰有余。杜子腾买了地图，他不知道海南具体在什么位置。他的手指，顺着自己所在的城市，顺着黑色的铁路线，顺着汪洋的海水，慢慢朝着贾小乔所在的城市而去。原来他和贾小乔隔着那么远的距离。

贾小乔换了号码，断了联系没多久，杜子腾就回家继承父业去了。他开

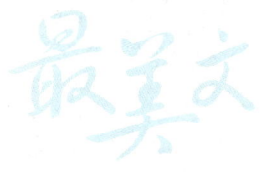

始像个生意人,每天见不同的客户,握不同的手,说不同的言不由衷的话。

几年后,公司去广州招聘应届毕业生,杜子腾跟着去了。两千多份简历中,杜子腾一眼就看到了她。惨白的纸页上,只有一张五寸彩色照片和一段没有署名的文字。

有的时候,你真的不明白,等待有多么苦涩。就算你能找到失去的敞篷车,能抓到那几个嚣张跋扈的毛贼,可你能追回当年放在书包里那封迟迟不敢送给你的信件吗?我可以放下少女的矜持和故作的高傲,为什么你却不能接受我在最后的勇敢?

时光像无情的火车,咔嚓咔嚓,脆生生地压过杜子腾的脑海。事情终于真相大白。贾小乔当年去的,不是海南,而是广州。

大一的冬天,她曾在回家时,把一封信投进杜子腾家门口的邮筒。上面,有贾小乔的眼泪和新的联系方式。只可惜,当时杜子腾正在北方的职业学校大闹天宫,折腾着要退学。因此,爱子情深的父亲,只好私自把这封信给扣下了。

站在流光明媚的落地窗前,杜子腾轻轻打开了抽屉。那是整整一箱从海南大学陆续退回的信件,棕色的信封上,均是邮局查无此人的红色印章……

(原载《好家长》(青春期教育)2012年第4期)

> 好多人,就是因为一场考试,硬生生地失散了。是青春捉弄了我们,还是我们捉弄了青春,反正就这样错过了。

第三辑

有些秘密经不起风吹

　　直到我写下这段文字，宁小纤都未再联系过我，她的秘密，已经有了结局。即便这样的结局不够完满，可照样能够让那段青春有个安心的收场。很多秘密，就是只能枕于心中，一旦被风吹开，便注定要有终于，而终于，往往是再也找不到踪迹。

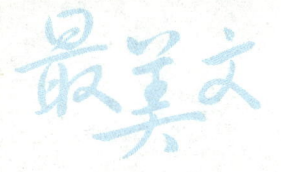

在大树下温柔的秘密

文/柏俊龙

一见钟情是惟一真正的爱情，稍有犹豫就不是真爱了。

——赞格威尔

一

李伯然第一次见许飞飞，是在理工大楼的电梯上。

那段时间据说有大牌领导下来审查，于是，学校疯了似的打扫，整顿，把一大批勤工俭学的贫困生都安排到了各大系部的教学楼清理电梯。

李伯然就是其中一个。

每个贫困生的课表在学工部都有备案，除了上课时间之外，必须恪尽职守，全力以赴。最离谱的是，各系部学生会还派出人手搞什么突袭检查。

李伯然刚好大二，课程不算太紧。因此，有的时候，差不多一整天都是待在电梯里上上下下，擦脚印，除灰尘，去油渍。

许飞飞兴高采烈地打着电话进电梯的时候，塑料袋里的餐盒麻辣烫正一滴一滴往外漏着油腻腻的汤汁。劳累了一天的李伯然，见这情形，差点没疯掉。

出去吃完再进来！

李伯然的怒吼没能阻止悲剧的发生也就算了，反把聊得忘乎所以的许飞飞吓了一大跳。结果，塑料袋脱手而落，整盒麻辣烫一滴不剩，全爆在了电梯里。

李伯然用抹布捂着脑袋，纠结得想要自杀。

更要命的是，在这种情况下，许飞飞不但没有道歉，还义正辞严地要李伯然赔她两盒麻辣烫。

天知道，李伯然连杀人的心都有了。

二

坏脾气的李伯然虽然在电梯大吵中占了上风，但事实证明，和女生吵架的男生，后果往往都是惨绝人寰。

许飞飞不但用手机把李伯然在电梯里的激情咆哮录了下来，还把这件事直接告到了本院学工部。

听完录音之后，学工部的老师们顿时暴跳如雷，只差没给李伯然两个耳光子了。

伯然啊，我们这是一所极其优秀的重点大学。作为勤工俭学的一份子，你不仅仅是要干好本职工作，更应该团结同学啊！你怎么能这么粗暴地对待自己的学妹呢？你真是太让我们失望啦……

李伯然安安静静地坐在学工部的办公室里，虚心聆听了一下午的紧箍咒。

由于认错态度良好，尚知悔改，最后，学工部做出决定，只要许飞飞同学肯表示原谅，那么，明年的励志奖学金，学校仍然还是会考虑给李伯然一个名额。

李伯然虽然心高气傲，但没办法，家境贫寒的他的确非常需要这笔钱。八千块的励志奖学金，哪个贫苦学生不稀罕？

为了使明年的学费有所着落，李伯然当众给许飞飞致歉。并且，还奉送了四碗热腾腾的重庆麻辣烫。

许飞飞不依不饶，一面呼啦呼啦地吃着麻辣烫，一面得意洋洋地说道，这就算了？你可是把本小姐的一世英名都毁掉了。记住哈，在我没说原谅你之前，在我没给学工部打电话之前，你必须随传随到，对我言听计从。

三

许飞飞狂呼李伯然的那天下午，李伯然刚好在接受学生会的突袭检查。

李伯然没接，为此，许飞飞差点没把李伯然的电话打爆。

学生会那帮爪牙刚走，李伯然就赶紧掏出手机按下了接听键，才准备发火，便听到一阵撕心裂肺的哭声。

许飞飞在电话那头上气不接下气。李伯然，你个混蛋！你为什么不接我电话？你知不知道有人欺负我了？你马上给我来学校门口的这家咖啡店，记得，穿上你最帅的衣服。否则，你就别指望什么奖学金！

李伯然心急火燎地去了。那身白色的休闲西服是当年高考班的死党们凑钱送的，牌子货，只能干洗。因此，李伯然几个月都舍不得穿一次。

一路上，连李伯然自己都想不明白，那丫头以为自己是谁啊？怎么能对我这般大呼小叫呢？我也够窝囊的，都这样了，我还不生气。奇怪，我为什么不生气呢？

李伯然找不到半点缘由，他非但不生气，心里还异常着急。都相识两个多月了，他还从来没见过许飞飞掉眼泪呢。

四

李伯然刚走到学校门口，就看到了蹲在树下嘤嘤啜泣的许飞飞。

许飞飞站起身来，狠狠抹掉眼泪，掏出纸巾擦了擦，踮着脚仰着脸问一身洁白的李伯然，喂，你仔细看看，我眼睛红吗？像哭过的样子吗？

许飞飞的皮肤很白，嘴唇很薄，舒展开来的细细柳眉像两月弯刀。最重要的是，那双澈若秋水的眼睛，正温柔地逼视着他。

李伯然内心一阵躁动，只好慌乱地摇摇头。

好！我们这就杀进去！说完，许飞飞摊开环抱，紧紧勒住了李伯然的右手臂。

李伯然的脑袋顿时陷入一片空白，他不知该怎么办，只能亦步亦趋地跟着许飞飞走。

闯进咖啡厅，许飞飞的步子忽然慢了下来。她故作从容地挽着李伯然，朝五号桌的方向走去。

哟，真巧，你也来这儿喝咖啡啊？身边这位姑娘真漂亮。我给你介绍介绍啊，这是我新男朋友，数学系高材生，李伯然，每年都拿全额励志奖学金。人品，才貌，那都是一等一。

就这样，李伯然糊里糊涂地跟一位陌生的男孩握了手，接着又莫名其妙地跟着许飞飞上二楼进了包厢。

李伯然刚把包厢的木门锁上，许飞飞的眼泪就稀里哗啦地从脸上砸了下来。

五

新学期，系部联谊会，李伯然和那个陌生的男孩再度相遇。

男孩名叫张少峰，是许飞飞的前任男友。

张少峰请李伯然吃饭，李伯然几乎想都没想就答应了。李伯然不知自己哪儿来的勇气，竟然敢为了这顿饭擅离职守。要是被学生会查到，那不管许飞飞原谅不原谅，奖学金都得泡汤。

饭桌上放着一瓶赤红色的金六福白酒，张少峰让旁边的女生给李伯然满上。

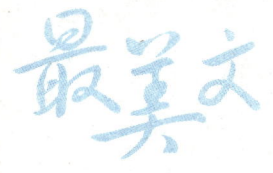

李伯然端起酒杯，问了一句绝对不该自己问的话，兄弟，你和许飞飞到底是谁提的分手？

张少峰看了看身旁的女生，没作答，李伯然不傻，他懂其中的意思。

李伯然恶狠狠地看着张少峰，端起酒杯一饮而尽。之后，呼地站起身来，跑去柜台又开了一瓶白酒。

李伯然抓着满满的一瓶白酒跟张少峰说，兄弟，咱们都是男人，是男人，就干了这一瓶！谁先倒，谁就是孬种！

整个饭馆的人都傻了，目不转睛地盯着李伯然。张少峰为了争回面子，二话没说，抬起瓶子就咕噜咕噜地喝了起来。

张少峰还没喝到一半便吐了，举起右手认输。李伯然没停，仰着面，一闷便是底朝天。

喝完之后，李伯然扔下瓶子走了。

秋天的大风吹过熙攘的街道，李伯然感觉头昏脑胀。

在食堂门口遇到许飞飞，这是李伯然始料未及的。他扶着路旁的大树，摇摇晃晃地拍着胸脯说，飞飞，我今天给你报仇了，多少人都笑话他了，他是个孬种！我告诉你，不管是谁伤害你，我都不会让他得意。

六

不过三天，中秋就来了。

许飞飞给李伯然发了很多条祝福短信，李伯然只回了一句玩笑话，你是复读机啊？

因为许飞飞发来的这三十多条短信，都是一模一样的内容，才看到开头，李伯然就懒得往下翻了。

许飞飞发来搞怪的表情，小子，手机坏了，知道不？

中秋节当晚，许飞飞收到了一个极其廉价的新手机。包装盒里有张淡蓝的字条，上面赫然写着，许飞飞同学，暂且凑合用着这个新手机。等以后有钱了，哥再给你买好的。

许飞飞躺在床上，抱着手机哭得唏哩哗啦。对于家境殷实的许飞飞来说，这个只值几百块钱的手机，真的不算什么。但她心里清楚，对于李伯然来说，这就是辛辛苦苦勤工俭学一个月得来的酬劳。

没过多久，学校的通告便发了出来，各大宣传栏，贴得满满当当。

李伯然没有得到梦寐以求的奖学金，他知道，那和许飞飞无关，是因为醉酒当晚学生会突袭检查的缘故。

没了奖学金？学费怎么办？李伯然有点头疼。

周末，李伯然在学校不远处的木工厂里谋到个活计。他打算在这里老老实实干几个月，凑点学费钱。

没干几天，学工部就给李伯然打了电话，说是因为新来的工作人员不懂流程，所以把某几个同学的名字给写错了。

七

李伯然很快便听到风声，奖学金压根没有他。那笔钱，是许飞飞托学工部给出去的。为了让学工部跟着撒谎，许飞飞还特意央求她老爸为学校新建宿舍楼赞助了几百万。

李伯然心里有点堵，这笔钱，从一开始他就觉得有些蹊跷。那么重要的事情，学校怎么可能弄错呢？即使真的弄错，也应该公贴出来以正视听啊。

李伯然承认，自己是很喜欢许飞飞，是很感激许飞飞的雪中送炭，但对于二十岁的年纪来说，很多时候，自尊就是那么薄弱。往往一不小心，就会划出一条难以愈合的裂痕。

家境的天壤之别，让李伯然忽然没了那股冲劲。习惯了锦衣玉食的许飞飞，铁定不会接受粗茶淡饭的平庸。

冷静之后，人心往往会变得异常开阔，李伯然终于决定和许飞飞保持

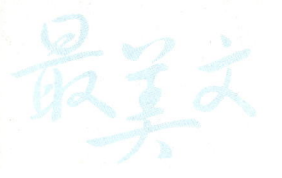

距离。

发完这条感谢信之后,就各走各的人生路吧。李伯然心想。

按下发送键,李伯然长吁一口气,心里满是不舍。收件箱里,还有十几条中秋的未读短信呢,全是调皮的许飞飞发来的。

躺在宿舍的凉席上,李伯然百无聊赖,一条一条往下看。

忽然,李伯然的心里涌起一阵风暴,在其中一条短信的末尾,许飞飞加了一句憋了很久都没敢说出的话。

李伯然,我喜欢你。如果你想和我在一起,那我明天在球场的大树下等你。

李伯然恨不得直接给自己两耳光,其实自己早应该想到,许飞飞一次发那么多条同样内容的短信,一定另有原因。

一口气跑到女生宿舍楼下,李伯然鼓足勇气掏出了电话。许飞飞的小脑袋刚从阳台上探出来时,李伯然就忽然大喊起来,许飞飞,如果李伯然现在去球场的大树下等你,你会不会再给他一次机会?

许飞飞没有回答,刚要转身,李伯然就把她弄哭了。

其实,李伯然只是站在秋日的大风里说了一句话。

许飞飞,对不起,怪我多么不仔细。可你真的只能接受我的歉意,因为在我心里,你就是唯一那个能让我温柔或疯狂的秘密。

(原载《新青年》2011年第11期)

不管相遇的方式有多离谱,还好,我们终于没有错过。青春未散场,而你,也还没走!

你知道许安然的电话吗

文 / 郑沈倩

与其在无望的相思中熬受着长期的痛苦,不如采取一种干脆爽快的行动。

——莎士比亚

球赛后遗症

童小娟暗恋许安然已是不争的事实。

每次只要有许安然的球赛,童小娟都会到场。她把乌黑的头发梳得亮如绸缎,穿上米色的百褶裙,丢掉笨拙的框架眼镜换上博士伦。张牙舞爪地站在人群前排,歇斯底里地喊,安然安然,数你最亮!

应小枫不止一次向上苍祈祷,希望许安然在三步上篮的时候来一个全身扑地的狗啃泥,就此重伤几月,无法动弹。可应小枫诚心诅咒了大半年,这个愿望还是没实现。相反,许安然的篮球打得越来越好,技术越发纯熟,一个简单的举手投足,都能使场上的女同胞们鬼哭狼嚎惊声尖叫。

应小枫是童小娟的死党,他俩在文科班的最后一排,好得如影随形。因此,每次遭逢什么重大活动,童小娟都不会放过应小枫,应小枫为此苦恼极了。打心眼里来说,他本来就讨厌篮球,但自从见到许安然之后,他更加讨厌篮球了。

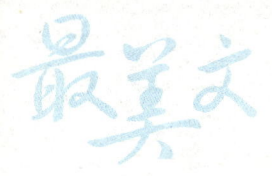

童小娟总是略带嘲讽地怂恿他，小枫啊，你可以去试试的，我相信你一定能打败许安然！看看，人家艾佛森才一米八三，还不照样在 NBA 里肆无忌惮地扣篮！

应小枫第一次听到这话，差点没喷出半两鲜血。啥？啥？你还知道艾佛森一米八三啊？那你瞅瞅，我多少？大姐，我才一米七二啊，和艾佛森差了整整十一厘米！你再看看许安然那野兽，不说别的，光身高就比艾佛森高了两公分呢！我才懒得和兽类一般见识。

说实话，有时应小枫真挺羡慕许安然的。人不但长得帅气，篮球打得也好，最要命的是，他还年年稳坐年级第一宝座，怪不得那些脑残女生会把他捧得跟人民币似的。

可少年总是不服输的，因此，应小枫几乎每天都要找尽各种理由，从头到尾好好打击一遍许安然。他经常语重心长地跟童小娟说，告诉你一个秘密，你仔细观察，篮球其实是长臂猿最喜欢玩的运动。你若不信，下次许安然打球的时候你注意了，他的双手垂直下来，竟然可以毫无阻碍地摸到膝盖！真他妈的可怕！

这些话，没让应小枫少受皮肉之苦。在童小娟不遗余力的照料下，一年四季，他的右臂都一直保持着紫红紫红的颜色。

周末，许安然带领的球队把高三（2）班打得落花流水，童小娟险些把嗓子喊哑，应小枫则大煞风景地站在疯狂的人群中打瞌睡。

最后一球，许安然三分绝杀，童小娟激动得活蹦乱跳，把新买的发卡都甩进了半空。散场之前，尚且浑身热汗的许安然朝童小娟所在的位置抛了一个长长的飞吻，算是答谢所有来看比赛的观众。

这个看似平白的动作，霎时在童小娟心里卷起了滔天巨浪。自此，童小娟患上了极其严重的球赛后遗症，只要有许安然的球赛，她哪怕翘课也要去看。一动不动，就站在那次许安然朝她飞吻的位置。

九月的翠柏楼

九月，秋季运动会，听说，许安然报了长跑一万米。童小娟为了到时能给他加油打气，不但提前半月养精蓄锐，还欢天喜地买了十几盒金嗓子喉宝。

应小枫站在药店门口，见童小娟抱着一摞金嗓子喉宝出来，嘴巴张得足有瓦盆那么大。他一路唠叨，童小娟啊童小娟啊，你这鬼斧神工的嗓子，不去当歌唱家，真是人类乃至外星伙伴的一大损失。

童小娟在学校门口的精品店里买了块红色头巾，并在上面绣了几个大字，安然安然，你是科丹。

应小枫莫名其妙地说，你喜欢许安然，行，你为他把自己弄得跟抗日敢死队似的，我没意见。可我想知道，这科丹是谁？童小娟的回答，再次让应小枫喷血。

科丹都不知道？老土！科丹就是科比＋乔丹！

不知是谁告诉童小娟，许安然为了应对长跑，每天六点都会去翠柏楼练习爬梯。

翠柏楼是学校最高的教学楼，算上天台，一共有十层。为了能在幽静的翠柏楼里碰上许安然，童小娟嬉皮笑脸地用两张陈奕迅演唱会的门票收买了应小枫。

她故作成熟地拍拍应小枫的肩膀说，你为我的爱情所作出的贡献，一定会载入史册，名垂千古的！这两张演唱会的门票就当我的小意思，你可以把其中一张送给你喜欢的女孩儿，带她一块儿去。嘿嘿，大姐我想得够周到吧？

凌晨五点四十分，应小枫载着童小娟，在城市的马路上呼啦啦地飞驰。

五点五十五分，刚到楼下，童小娟便撒开了腿往楼上跑。她说，快

点,快点,待会安然就来啦!嘿嘿,我要制造一个绝美日出下的偶遇。

应小枫第一次发现,原来瘦弱的童小娟可以为许安然跑得那么忘乎所以。他忽然想起某年夏天的场景,为了躲避果园狼狗的追赶,他拉着清瘦的童小娟在阳光普照的松林里左转右跑。那时,童小娟气喘吁吁地决定放弃,而应小枫则死活不肯松开坚实用力的手。

他隐约觉得心疼,他不知道,在某种特定的因素下,其实童小娟可以跑得很快很快。

为了遇见你

许安然一直没来,童小娟始终没有放弃,她相信,她一定可以在清晨六点的翠柏楼上见到朝她迎面跑来的许安然。

第三天,从沉寂的楼道里,忽然传来一阵阵清晰的脚步声。童小娟可以听出,那是许安然的步子,她太熟悉那样分明的节奏和均匀的喘息声了。

一步,两步,三步……童小娟的心脏像一个不由自主的橡胶握力器,在自然的压力中,一张一缩,一开一合。

那天,童小娟正穿着那件米色的百褶裙,当许安然甩着充满阳光的手臂一个箭步跨上楼梯时,童小娟紧张得差点昏倒过去。此刻,是清晨六点三十秒,天空泛着暗沉沉的流云。气喘吁吁的许安然绝对没有料到,顶楼会站着一位浑身白衣的女子。故此,就在童小娟回眸的那电光火石的一秒间,许安然因受惊过度,噗通噗通从冰凉的楼梯上滚了下去。

温热且鲜红的血从许安然的鼻孔里拼了命往外涌,童小娟像个犯错的孩子,一面哭得上气不接下气,一面手忙脚乱地从兜里掏纸巾。

童小娟真恨自己的百褶裙。如果时光可以倒流,她一定会以迅雷不及掩耳的速度冲向另一个楼梯间,在六点三十秒之前消失得杳无踪迹。她宁可一辈子见不到许安然,也不希望许安然因为她的出现而受伤。

许安然捂着嘴巴冲出校门的时候，童小娟仍然站在顶楼的清风中目送他。她看着许安然头也不回地背影，泪水终于汩汩地飘落下来。

当天，许安然请了一整天的病假，童小娟实在不习惯没有许安然的篮球场。她很想知道，许安然现在究竟怎样，可又不知该问谁。于是，她逢人便说，你好，请问你有许安然的电话吗？

她跟应小枫喃喃地说，如果我得到许安然的号码，那我就在电话里向他表白。不管他是否愿意接受这场荒唐的暗恋，我都不会再打听一切关于他的消息。

应小枫不知童小娟到底受了什么伤害，但他明白，童小娟已经决定放弃这段苦涩的暗恋了。

那天，童小娟站在顶楼的风中，心里一直默默记数。从教学楼到城市的马路，许安然足足跑了1438步，在如此漫长的时间和距离中，许安然没有回头看过一次童小娟所在的位置。

凝视许安然渐行渐远的背影，童小娟忽然懂得，其实他从来都只是一面华丽的风筝。而掌控这面风筝的线，却根本不在她手中。

如果没有你

童小娟继续过着逢人便问许安然电话的生活，只是，她不再看许安然的球赛，不再为他尖叫，也再不去清晨六点的翠柏楼等他踩着晨曦幽光缓缓跑来。

演唱会那天，应小枫一直在等待。他买了两盒哈根达斯，站在人头攒动的露天广场检票口，心似火烧。童小娟一直没有出现。是她没有看到他藏在纸巾中的门票吗？还是她从始至终都不愿和应小枫欣赏这场难忘的演唱会？

彩灯啪地暗了下去，周围瞬时尖叫起伏，荧光乱舞。希望如同薄脆的纸屑，被狂风撕扯得支离破碎。当身着黑衣的陈奕迅低着头唱出《兄妹》

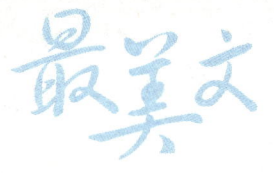

里的那句"不能相爱的一对,亲爱像两兄妹"时,应小枫的眼泪终于在震天的呼声中决堤而出。

童小娟根本不知道他当初送她的那包纸巾里深藏的秘密,此刻,那包辗转流离的纸巾正安躺在许安然的卧室书桌上。自从那天他归来清洗完沾满血迹的运动服后,纸巾就一直被题海书山掩盖着。

高考像一阵无情的飓风,把所有该属于十八岁的欢声笑语都吹打得无迹可寻。童小娟奔入题海训练后,应小枫彻底地变成了另外一个人。

争分夺秒的忙碌迫使每个人都在遗忘和学习无关的事情,没人在意应小枫的孤独。

高考结束后,童小娟又回到了疯狂追问许安然电话号码的日子。其实,她一直都记得许安然的电话,只是她从来都没有勇气敲响它们。偶尔,站在公用电话亭里,踟蹰半天,还是无法按下最后一个数字。

许安然到底知道了童小娟这个名字,有人在电话里幸灾乐祸地告诉他,许官人啊,你知道吗?咱们学校有一个叫童小娟的姑娘,似乎爱你爱到发疯了,见人就问你的号码……

气急败坏的许安然,为了彻底和童小娟划清界限,不但在临行前给她打了个电话,还决定把那包没有用完的纸巾还给她。

童小娟认得许安然的电话,还没按下接听键,双手就已经抖到不行。

许安然的冷言冰语,彻底冻结了童小娟的如花笑靥。许安然毫无顾虑地说,是童小娟吗?我不知道自己有没有见过你,但我肯定,我绝对没有喜欢过你,所以,请你不要再四处打听我的消息,好吗?还有,纸巾里的这张演唱会门票我到今天才发现,实在不好意思……

没等许安然说完,童小娟就已经轻轻挂了电话。她忽然想起另外一个人,他陪她翘课、上学、吃饭、聊天,陪她看许安然的球赛,陪她赶往清晨六点的翠柏楼,陪她打听一个熟到不能再熟的电话号码……

她恨自己那么不聪明,一直没有猜到应小枫喜欢的是自己。她其实早就应该想到，应小枫会把另外一张门票放在哪里。

童小娟鼓足最后的勇气给应小枫发出高中生涯的最后一条短信，她说，直到今天我才明白，其实没有许安然，我一样可以活得潇洒如意。可如果没有你，我的记忆，将会变成一片干涸的白沙地。请问，如果我要寻回昨天的记忆，该去哪里？

半小时后，应小枫发来彩信。他穿着被风涨满的白色衬衣，站在莽莽山林间，笑容如同波光粼粼的湖面一般灿烂。

他说，童小娟，我在一千里之外的城市等你。

（原载《语文周报》2014年第3期）

原来在那个慌乱的时年，我们做得最多最持久的事情就是默默地对一个人好，这大概是我们在人生中做得最有耐心的一件事情了。

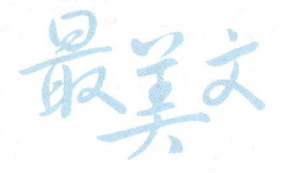

有些秘密经不起风吹

文 / 夏丹

真正的爱，在放弃个人的幸福之后才能产生。

——列夫·托尔斯泰

一

宁小纤说，你长得真像我大哥！我一脸自豪地对着旁人笑笑，问，你大哥几岁？有我那么成熟帅气吗？

我知道自己不帅，这么问，无非是和那些心中自卑又喜欢大声喊叫"我是最棒的"人一样，寻找一些言语上的慰藉罢了。当然，宁小纤也不漂亮，虽然生得唇红齿白，但总觉得缺了些动人的气息。

我哥今年27岁，你呢？我差点把刚灌到口里的可乐给喷出来。27岁？什么概念，比我大了整整8岁！8岁啊，差不多是一个时代的距离了。虽然我平日爱写点文字，思考些问题，长了几根智慧的白发，但也不至于有那么老吧？我问她。

差不多，呵呵，不过，只是我的个人感觉。

我扛着宁小纤的行李，上气不接下气地问，老乡，请问你这箱子里装的都是什么啊？怎么那么沉？你不会是把从小搜集的雨花石都一并带过来了吧？

她莞尔浅笑，哥，你慢点儿，别摔着！我愣了一下，四处搜寻，确定周围无人后，才受宠若惊地应了一声嗯。

从那以后，宁小纤不管什么场合，见到我都是叫哥。同寝的哥们都问我，什么时候收了个林妹妹，我说，别瞎扯，让我远在他方的女友知道了，这事就闹大了！

我跟宁小纤说，以后你就直呼我名吧，我不介意，叫哥不太习惯。毕竟独生独长了那么些年，还没听谁管我叫过哥呢。一夜之间，忽然多了个妹妹，有点不太适应，谁知，她叫得更加凶猛了。偶尔，在环形操场上碰到她，隔着将近一百米的距离她就开始叫我哥，远远地喊，直到我应声为止。有时我生气了，不想理会她，独自拍着篮球。她便呼哧呼哧地奔到三分线处，一面看着我投篮，一面叫我哥。

我说，我求你了，宁小纤，你别叫我哥行不？我真受不了。我这假哥和你那真哥可相差了整整一个世纪！

她不依不饶，仍旧叫着。她说，我之所以拒绝她这么叫是因为不敢面对现实，或者是还没有完全品尝到多一个妹妹的甜蜜生活。我说，我过惯了苦日子，皮子有点贱，你要真让我过甜蜜生活，倒让我联想起古代有这么一个规矩，临刑前，刽子手都要给犯人一顿饱食，一碗美酒。

我的婉言完全没有影响到宁小纤的情绪，她认定了我是她哥，她说，和我在一起时她的内心总会无比踏实。这种感觉，之前只有和她哥在一起才会出现。

二

我真当了宁小纤的大哥。

自从她说要让我感受甜蜜生活的那天开始，我的皇帝生活便倏然来临了。她把我所有打篮球时穿得汗迹斑斑的衣物洗净叠平，亲自送到宿舍楼下；考试前那一段紧张备战，她第一时间将可口的饭菜送到自修室给我；

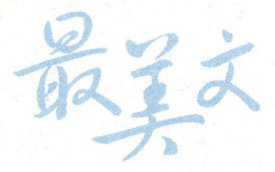

她将公共课老师勾出的重点笔记输入电脑,打印给我,让我重点复习;她做我小说的第一位读者,并帮我修改疏忽导致的错别字……

我承认,我败在了她的糖衣炮弹下。说实话,就连相恋几年的远方女友,都未曾对我这般体贴过,如何叫我不怦然心动?

宁小纤经过一番精心部署,确定感情稳定之后,开始了她的回收计划。她说,做哥也是有责任的。说这句话时,我正吃着她送来的喷香火腿炒饭。我瞪大了眼睛问,什么责任?你不会要我给你开工资吧?

我才没那么庸俗呢!我现在还没想好,等我想好了再告诉你吧!她狡黠地看着我道。

等等!这句话似曾相识!这不是《倚天屠龙记》里,赵敏对张无忌所说的话吗?你想怎样,你直接说,要什么价钱,一位数以内的,你随便开就是了。我一面将剩下的饭菜拼命往嘴里送,一面鼓着腮帮豪爽地说。

但事情并不如我想象的那般单纯,宁小纤第一次给我的任务就颇具挑战性。

夏夜,学校管道整修,停水一晚。她在女生寝室六楼给我打来电话,要我帮她提两桶水过去。我说,宁小纤,不光你们寝室停水,我们寝室也一样,你让我从哪儿去给你弄两桶水来?

教职工宿舍里并没有停水啊,你大可到你们任一老师家里打两桶水过来。我就不信有哪位老师那么小气,两桶自来水都舍不得。宁小纤在电话那头理直气壮地与我争辩。

想想她翻山越岭地给我带炒饭、早餐,我把这口气给咽了。怪不得电影里说,出来混,迟早是要还的。看来,这话是说对了,天下真没有免费的午餐。

当我厚着脸皮与宿管阿姨磨蹭了半天,穿着背心,大汗淋漓地提着两桶水抵达六楼时,宁小纤早已在楼道口久候多时。我说,姓宁的,你可真够毒的,两大桶水,你一晚上能用完吗?明天就来水了,你都等不了?你非得一次性弄死我？

她将攥在掌心里的手帕递给我擦汗，我说不用！都什么年代了？估计生产手帕的那些厂家都倒闭了吧？你还那么执着地用着他们生产出来的手帕。

我从兜里掏出一盒纸巾，在宁小纤面前甩了甩，问，这是什么见过吗？这叫餐巾纸，便宜实惠，用完即扔。再者，我也不敢用你那手帕，谁知道用完之后你会不会让我重新再给你买上一条？要知道，这东西跟古代丝绸一样，都可以陈列到博物馆去了。

三

站在女生宿舍六楼，不顾一切形象地擦完大汗，正欲离开之时，从宁小纤对面宿舍里突然蹦出一个骨感女生，眼神飘忽地道，小纤，你可真好福气啊，找上一个这么高这么体贴的男朋友！

嗨，嗨，怎么说话呢？什么叫这么高，这么体贴呢？你少了一个非常关键的形容词，那便是帅！再者，我也不是她男朋友，我是她哥！

我故意把哥字拉得很长很响，宁小纤附和着说，是的，他是我哥。接着，上前，死命提着两桶水，一晃一晃地进宿舍去了。

我和那女生面面相觑了几十秒后，悻悻地下楼了。我说，宁小纤，你以后有什么事儿别再来找我！

还没到宿舍，宁小纤便打来电话，哽咽地问，你觉得当我哥很委屈吗？我顿时心软，安慰她说，没有，绝对没有的事儿。

她说，哥，过些天我生日，你送我条手帕吧，其他的我都有了，我只想你送我一条手帕。我笑道，要求不高，但估计是很难买到，所耗费的人力物力综合算下来，不比一条金腰带便宜多少。

尽管我这么说，生日前天，我还是特意轻装出行，决定为她寻一块别致的手帕。很可惜，我逛了很多条街，抽了几包香烟，仍不曾看到有哪一

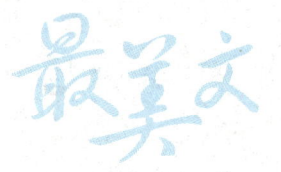

家店铺出售手帕这种古物。我问宁小纤,是不是真要到古董店才能买到?

她沮丧地回我,若实在找不到,随便买一件礼物算了。

我很努力地坚持逛了几条街,结局还是一样。最后,我在一家店铺挑了一条面积最小,身型最薄的素色毛巾作为礼物。我想,这和手帕也没多大差别了吧?

四

临近毕业时,宁小纤说,她有最后一个要求,她想见见我的女友。

她提出这个要求之后,我顷刻一身冷汗。女友是那种见风便是雨的小女子,要是让她知道我在这里为另外一位女生提水,买手帕,估计我的阳寿也将至尽头了。于是我坚定地告诉宁小纤,这个要求我无法做到,因为已经触犯了江湖道义。

虽然我从未想过要与现在的女友白头偕老,但也不想就此天涯。我说宁小纤,你该恋爱了。以前有我这个哥烦扰着你,以后你可怎么办呢?

她慷慨地念,杀了夏明翰,还有后来人!我说,行,到时要真有了后来人,你得介绍给我认识一下啊,万分期待呢。

但事实并不如我想象的那样,直到我收拾行李的那一刻,宁小纤仍旧没有寻找后来人填补我的位置。她说,我太过于庞大,一般人坐不了我的位置,她得好好挑挑。

离别前,我邀了诸多朋友,痛痛快快地打了最后一场校园篮球赛。宁小纤从始至终都安静地站在角落里,左手握着一瓶澄明的矿泉水,右手紧捏一块粉红的手帕。

我刚下场,她便迎了上来,举起手帕为我擦汗。我以最快的速度躲开了,从篮球架下的外套里摸出一包餐巾纸,在她面前晃了晃。她笑笑,尴尬地将手帕收回。

其实,那一场比赛之后,我恍然明白了些什么东西。只是,我离它太过遥远，已无法追赶。

我相信宁小纤根本没有看清那一场篮球赛的经过，因为我每次投篮后回头，都见她眼里泛满了泪水。我想对她说，宁小纤，我们就此别过吧，你该去追寻你的爱情。但是，又觉得这样的话太过于唐突。毕竟，她从未与我许诺过什么啊。

拿到火车票之后，我第一时间给宁小纤打了电话，那头，呼呼的狂风将她的哭声全然掩盖。我说，小纤，赶快找个人代替我吧。不过，不要再叫别人给你买手帕了，那东西的确很难买。她说，我以后再也不会用手帕了，唯一的一条已经弄丢了。

我听得出此话的弦外之音。一个人在暗沉沉的入站口，握着电话，竟簌簌地掉起泪来。我暗骂，有什么可哭的？不就是一位路上偶遇的女孩儿吗？我为何要为她落泪呢？

五

一月后，我在一个南方小镇安顿，帮一家广告公司写文案，宁小纤与我顿时失去了联系。

远在他方的女友杳无音讯了几个礼拜后，忽然给我发来一条无关痛痒的短信，她说，她爱上了别人，我与她的距离太长，给不了必要的温暖。我回了短短三个字，祝福你。接着，躲在公司的卫生间里哭得天昏地暗。

天知道，我曾有多么多么爱她，为她坚守单身四年，来到她父母久居的这座小镇。如今，却落得如此下场。

我在网上收到宁小纤的邮件，她问我居住的地址，我告诉了她。然后说，我可能下月就辞职，这个城市已经没有让我继续停留的理由。

几日后，在宿舍门前收到一封快递。打开，空旷的盒子里安放着一块粉红素雅的手帕。记得宁小纤说，她唯一的手帕丢了，是的，丢在我的掌心里了。

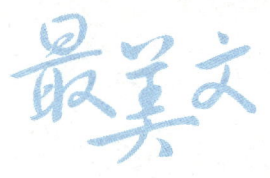

　　我刚从盒子里拿起它，呼呼的风就扑了过来，像几十天之前的离别，干扰着我的视野。被风展开的手帕上，赫然显现出几个淡蓝褪色的字体："哥，你是我的秘密。"

　　我不清楚宁小纤将这句话藏过了多少岁月，才能将它洗到褪色，才能有足够的时间来鼓足勇气，将这个秘密曝露于天光之中，用双手举上我的额头。

　　握住这块手帕，顿时想起宁小纤在六楼楼梯口等我的那夜，以及那最后一场篮球赛。原来她的目的，并不是那两桶用跋涉换来的自来水，也不是那场平淡无奇的篮球赛，而是想把那块唯一的手帕给我，诉出隐于心中的，让她寝食难安的秘密。

　　坐在明晃晃的秋阳中，我给宁小纤回了邮件。我说，我与你隔得太远，无法给你必要的温暖。

　　直到我写下这段文字，宁小纤都未再联系过我，她的秘密，已经有了结局。即便这样的结局不够完满，可照样能够让那段青春有个安心的收场。

　　很多秘密，就是只能枕于心中，一旦被风吹开，便注定要有终于，而终于，往往是再也找不到踪迹。

（原载《语文报》2014 年第 13 期）

　　是啊，有些秘密，只是为了让那段青春收场。那个喜欢过的男孩子，那个苦苦等待的结局，始终也没到来。就让我们记在心里吧，直到永恒。

零下十九度

文 / 李兴海

> 寂寞的人总是会用心地记住他生命中出现过的每一个人，于是我总是意犹未尽地想起你在每个星光陨落的晚上一遍一遍地数着我的寂寞。
>
> ——郭敬明

一

我和林子萱同桌半年，说得最多的一句话，大概就是你中了没有。那时候，福彩刚出没多久，五百万，简直是天文数字他爹。

夏老头成天站在讲台上唠叨，孩子们啊，形势危急啊，只有付出的人才能得到收获啊。不知是夏老头特别偏爱"啊"这个字，还是为了刻意突出中年个性，每说一句话都非得把这个"啊"字给捎上。

后来，这句话成了林子萱的口头禅。每当我信念动摇，决定放弃彩票大业的时候，她都会把这句话搬出来教训我。小海啊，形势危急啊，只有付出的人才能得到收获啊。口气神态和夏老头一模一样。

学校门口的福彩售票点彻底成了我和林子萱的根据地。我不得不说，彩票真是一个伟大的发明，它不仅让两个颓唐年轻人的心里有了癞蛤蟆的梦想，还使一贯讨厌数学的少年们爱上了公式。

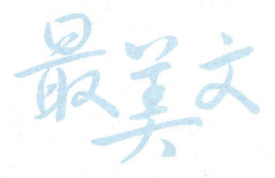

　　我和林子萱坐在教室的最后面，摊开从福彩点抄来的中奖曲线表，成天算啊算啊算，只希望菩萨保佑，给点灵感，然后和牛顿一样，发现什么万有定律。

　　勒紧裤腰带过了大半年，天天买彩票，天天做换算，结果，除了神态憔悴，成绩倒数，再无其他收获。

　　林子萱主动提出放弃彩票大业的那天，我激动得差点哭起来，这要命的日子，总算是要结束了。为了表示庆祝光明日子的到来，我掏钱买了两大瓶柠檬雪碧，而后抱着它们，屁颠屁颠地跟着林子萱去教学楼的屋顶上吹风。

　　雪碧刚喝一半，林子萱就开口了，彩票是没戏了，放弃就放弃，但咱们总不能因为彩票而把最根本的追求也放弃吧？

　　林子萱最后出的这个天才主意，真和学校食堂的泔水有得一拼，馊得不能再馊。

二

　　2003年9月15日，李白工作室正式秘密成立。为什么要秘密成立呢？因为这个工作室严重违反了校纪校规。

　　林子萱说，聪明的人，总是懂得资源充分利用，你看，你文笔多好，咱们完全可以凭此创业，搞出一番天地嘛，对不对？

　　创什么呢？我尚且一概不知，但林子萱的回答却让我当场喷血。代写情书，代写作业啊，按对方的经济实力和工作难度来收取费用。譬如情书，光写不送，五百字，收费五块；又写又送，五百字，收费十块。另外，成稿时间不一，收费也就会有所不同。要求三天内成稿的，费用可酌情优惠；要求两天内成稿的，适当加价；要求当天成稿的，不用说，绝对是急件，不敲一笔怎么行……

　　创业的内容差不多定了，工作室的名字嘛，一定要有气势，最好是弄点名人效应。你知道的，现代人，吃什么穿什么都喜欢讲个牌子。林子萱在我眼前晃来晃去，指手画脚，说得头头是道。

你姓李，李白也姓李，真巧，那咱们就叫李白工作室吧。气派，保险，将来做大了，也不怕有人告状，真闹到法庭上，咱也不怕。一千年前，弄不好你和李白还是同宗亲戚呢，算不上侵犯此人的名誉权和姓名权……

林子萱说得唾沫横飞，手舞足蹈，兴奋得差点从楼顶上跳下去。

第二天清早，还没征得我的同意，她就私自把工作室的手写宣传单发了出去。还美其名曰，强强联手，五五分成。

三

李泊然重金要求我写情书拿下林子萱这件事，来得真是够突然。平日里也没见李泊然对林子萱怎么样啊，怎么忽然就下这么一个手笔呢？

我跟李泊然语重心长地说，哥们儿，你弄明白了没有？确定是133班的我的同桌林子萱？不是隔壁134班的林萱萱，也不是歌手范晓萱？

李泊然的脑袋里绝对有水，还没等我把话说完就一把攥住了我的手。一面啪啪地拍着，一面热泪盈眶地说，兄弟，我知道这个事情非常有难度，正因为有难度我才找你们李白工作室来帮忙啊。价钱不是问题，只要你把这件事情搞定了，酬劳双倍不说，我还把我那辆新买的山地车免费送你！

我见过李泊然的那辆蓝色山地车，闪眼，霸气，帅得一塌糊涂。听说是他爸爸为了鼓励他奥数获奖特意开车去成都载来的，全镇仅此一辆。

我心里暗骂，真是个蠢货，林子萱那野丫头值那么多吗？脾气暴躁，声音粗哑，成绩倒数，真是没看出她有哪点好。

不过，为了顺利得到这辆山地车，彻底结束我的徒步生活，我不但昧着良心说了许多言不由衷的话，还把情书老老实实地修改了整整五遍。

李泊然誊抄之后，刚派人密送到林子萱手里，我的耳朵就马上被炸聋了。林子萱那野丫头，差点没把我新买的白衬衫拽烂。看到没？看到没？竟然有人追我了，哈哈！

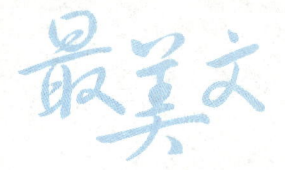

你这就答应人家了？我斜眼瞪着得意忘形的林子萱。

等明天见了面再说吧，还不知道此人长得是多少像素呢。如果太模糊的话，那还是算了，本姑娘不太喜欢抽象派的作品。

四

林子萱去和李泊然在咖啡厅约会的时候，我一直坐在对面的小餐馆里默默监视。当林子萱微笑着伸手接过李泊然手里的玫瑰时，我气得一巴掌就把餐馆的小茶壶拍到了地上。

好你个林子萱，装什么淑女？真是假得不能再假。一束玫瑰就把你给俘虏了？我们李白工作室的经纪人也太廉价了吧？

下午六点的时候，我给林子萱打了电话，还没等我开口审问，她就在那头炸开了，天啊，你知道么？给我写信的竟然是李泊然！全省奥数第一名哟……

电话之后，我心里失落极了。我暗骂自己，这有什么可恼的呢？不就是个林子萱么？缺了她，李白工作室照样可以生意兴隆，财源广进。再说了，这么个粗声粗气对我大呼小叫的野丫头，早走早好呢！

可躺在床上，心里还是止不住惆怅的洪流。我知道，自己有多么不情愿帮李泊然写信，可那有什么办法呢？尽管我曾狠下决心要把那封信的最后署名换成李兴海，可写到最终，还是没有那样的勇气。

五

2004年秋天之后的那些日子，李泊然为了比赛，天天参加奥数集训，而一向没有耐性的林子萱，竟一改常态，每天都默默地站在学校门口的公交站牌下等他。

我鼓足勇气，蹬着山地车冲到林子萱的面前，嬉皮笑脸地问，奥数冠军还没回来吗？林子萱摇摇头，一言不发。

我忽然觉得我们之间的距离变得好远好远，我故作从容地摆摆手，你让那个奥数冠军好好算一下下期福彩的一等奖号码，要是算出来的话，记得给我发个短信啊。

众望所归，李泊然到底得了冠军。学校贴出大红喜报那天，林子萱没来上课。我坐在空荡荡的椅子上，朝着远处的山巅发呆。

林子萱朝我哭诉李泊然移情别恋的过程时，我除了心痛，还有种说不出的喜悦和快慰。原来那些天，林子萱不是为了等李泊然，而是为了等一个答案。

李泊然最终选择了那个能歌善舞小鸟依人的钢琴女孩，那是我第一次见林子萱哭。我相信她动了真情。

六

林子萱说要出国留学的时候，我正在筹谋一封向她表白的情书。

这是她爸爸做的决定，多伦多，地球的另一端，太平洋的另一岸。

记得那天我孩子气地问过她一句，不去不行么？她笑笑。我知道，在这个懵懂而又忧伤的年纪里，命运和路途往往都轮不到我们抉择。

这封打算写给林子萱的信，一直没有写好。

冬天的雪呼啦啦地来了，林子萱说，出来吧，一起看雪，明天就去多伦多了。

我和林子萱在白雪路上走了很久很久。手僵了，脚麻了，还是舍不得说再见。我知道她想见一个人，可我争取了很久，李泊然还是不愿见她。

我开始讨厌懦弱的自己。如果当初我勇敢一些，直面拒绝李泊然的请求，大方地送出那封由我代笔的信件，今天的林子萱是不是就会快乐一些？

二十四小时之后，林子萱上了飞机。在她手机处于关闭状态的时候，我发出了一条冗长的短信。丫头，你听过这个故事吗？在漫漫大雪的天气里，只要和一个了解你的人选一条不拐弯的路，一路走下去。迎着风，抗着雪，大步流星，义无反顾，直到头顶盖满白色的雪花。那么，你就注定

可以和这个人十指紧扣，白头偕老。

七

林子萱走后，我第一次进书店买了世界地图。因为我实在想要知道，从中国大理到加拿大的多伦多，究竟隔着多远的距离。

无数的线条在地图上舒展蔓延，那是莽莽的山川和铁路。红蓝相叠，经纬交错，湛蓝的太平洋在有限的视野里变得温润且柔和。

一个月后，林子萱发来邮件，她说，你知道么？多伦多和北京竟然有十三个小时的时差。

我知道，这些我都知道。因为你，原本对地理了无兴致的我，忽然开始关注多伦多的一切状况。我知道，你所在的城市是加拿大的工业和商业中心；我知道，它地处北纬43度39分，西经79度23分；我还知道，我的白天是你的黑夜；我也知道，那里的冬天极冷极长，风声呼啸，雪似冰刀……

只是，你知道我那条短信的意义吗？

二月，林子萱发来邮件，内有一张截图，是手机上的天气预报。小雪，−21℃ ~ −19℃。

图片的右下角，有一段拼上去的暗灰小字——请问，这么冷的下雪天，抽象派的你敢不敢陪我一起走下去？

（原载《考试报》2014年第3期）

> 每一段执着的等待都是值得的，每一对合适的人都应该在一起，不论多远不论多久，反正在一起，就好了。你一定要珍惜那个陪你很久很久的人，因为要不是因为你，他早就离开了……

一杯咖啡喜欢你

文 / 代孔胜

任何时候为爱情付出的一切都不会白白浪费。

——塔索

惊鸿一瞥

每年夏天,马小姗都会从北京回到昆明,看看她爸。

很多年前,她爸和他妈离婚了,她判给了他妈。那天,城南老巷里的所有人都见证了马小姗的撕心裂肺。为了远离这座充满忧伤记忆的城市,她妈妈带着哭天喊地的她,提着两个棕色的大箱子,头也不回地消失在了昆明的雪花里。

十六岁那年夏天,马小姗回来了。我站在铺满爬山虎的阳台上,凝视陌生而又熟悉的马小姗。她身着粉色连衣裙,站在小巷两旁的洋槐树中央,默默地审视路中的一切。夏日的风,像一个永无休止的故事,从幽深的那头袭来,扑开她的乌黑长发。

第二天,老巷里的所有人都知道马小姗回来了。

马小姗被带走那年,刚好六岁,而今,已是十年之隔。这些年,他爸一直没有另娶,不但戒了赌,还在小巷的北面开了一间廉价咖啡店。

巷子里有几位爱喝咖啡的老头,他们成天坐在云蒸霞蔚的洋槐树下打

扑克,逗黄眉雀。马小姗每天都要来巷南这头送咖啡,她不会说地道的昆明话,因此,老头们经常风趣地为难她,阴阳怪气地学她说京片子。

第一次听马小姗说话,是在巷南的小卖部,我等着找零,马小姗急着要砂糖。她的声音,似乎有一种特别的颜色,明朗得如同阳光下的蓝色湖泊。她提着半袋砂糖转身飞跑,乌黑的长发和粉色的连衣裙,像雾,像雨,在充满洋槐花香的风中,交织出一条又一条抹也抹不去的色彩。

仅是一眼,我便不可自拔地喜欢上了十六岁的马小姗。

一杯咖啡

马小姗彻底把我忘了。她不记得,她走那年,我曾给她送过热腾腾的鲜肉包子。

我像是一名被罚画地为牢的士兵,整天坐在家里,没日没夜地进行题海战术。高二的生活,枯燥得如同巷南墙面的灰尘。

为了见到马小姗,我和父母提议,每天喝一杯咖啡提神,他们同意了。

从此,我有了一个自由的姿态。我可以穿着白色的背心,把头伸出窗台,朝着城北那边的咖啡店大喊,喂,老板,来一杯咖啡!

起初,马小姗每次都会冲出来看看,叫咖啡的人在哪里,待会儿好送过去。后来,她熟悉了我的声音,便不再惊慌失措地跑出来。

马小姗不知道我的名字。她只会端着滚烫的咖啡站在门口轻喊,一杯咖啡,一杯咖啡,谁的一杯咖啡?

当马小姗第25次端着咖啡站在我面前时,我终于忍不住叫了她的名字。马小姗,这些年你在北京还好吧?还记得那年我给你送的鲜肉包子吗?

马小姗笑了,她的笑靥,使整个巷子的夏天都变换了颜色。她好奇地问我,哎,一杯咖啡,你叫什么名字?

我说,我就叫一杯咖啡。她又笑了,低垂而又修长的睫毛像大雨中的海啸,彻底淹没了我。

明年夏天

这个暑假过得特别快。

马小姗说,北京的夏天就像蒸笼,要把每一个路人都变成包子。我接过她手中的咖啡,满怀希望地说,昆明是避暑胜地,要不,你每年夏天都过来吧。

她没有回答我的问题。我知道,她有太多的身不由己。

临近暑假尾声的时候,我每天至少要点五杯咖啡。马小姗建议我,孩子,少喝点咖啡,这东西喝多了也不好。

我笑笑,我真想问她,如果我不点咖啡,你会不会从巷北跑到这儿来看我?我始终没有勇气问她。她的美丽和单纯,时常让我觉得像是不可触及的星辰。

马小姗临行前日,我点了这个暑假的最后一杯咖啡。我说,马小姗,你知道红嘴海鸥吗?虽然,它们不属于昆明,但是每年冬天,它们都会从北方迁徙到这儿。这是它们和昆明的约定。

马小姗笑了,拍拍我的脑袋,你真傻,你又不是红嘴海鸥,你怎么知道它们一定来?要是它们之中有谁不来呢?你也不知道吧?

我仰头大笑,漫不经心地问马小姗,明年夏天,你还会再来吗?她仍旧没有回答我在这个夏天的最后一个问题。

她匆匆下楼的时候,窗外的洋槐树正被夏末的凉风吹得低声啜泣。只有树叶知道,那是风在与它告别。

而马小姗,你根本就不知道,这些眷恋滇池的红嘴海鸥只有一种情况不会再飞回来,那就是,它们已经在路上失去了生命。

我喜欢你

马小姗买了从昆明到北京西的火车票,晚上20:43。

四点半的时候,马小姗主动为我送来了一杯免费咖啡。她穿着宝蓝色的运动套装,站在门口轻喊,一杯咖啡,一杯咖啡。

我想了整整一夜。我知道,马小姗这次走后,很可能就不会再回来。她已经不再属于昆明这座没有四季之别的春城。

热腾腾的咖啡在马小姗的手里升起袅娜的烟雾。她说,我要走了,一杯咖啡,祝你来年金榜题名,呵呵,当然也祝我金榜题名。

我再也没有问马小姗,明年夏天,你还会不会来昆明?

她把咖啡递到我的胸前,瞬时,浓烈的忧伤铺天盖地地席卷而来。我想,我和马小姗不可能再见面了,怀有这样的愁怨,我忽然有了一股莫名的勇气。反正,说过之后,我们就从此天各一方,互不相扰。

我清了清嗓,凝视马小姗的眼睛,嗯,马小姗,我喜欢你。

这句肺腑之言,如同晴天霹雳,彻底击中了马小姗。滚烫的咖啡盘松手而落,连砸带烫,弄伤了我那只因情急而上前的只穿着凉拖鞋的右脚。

通宵达旦

马小姗走后,我低沉了很长一段时间,没有她的电话,亦没有她的地址。我和马小姗彻底断了联系。

她像一只受惊的海鸥,冒着酷暑,匆匆逃回了如同蒸笼一般的北京。

我打开博客,写下了十七岁的最后一句话,马小姗,一杯咖啡是真的真的喜欢你。

学校为了提高升学率,不但提前了毕业班的早读时间,还把晚自习多加了一个小时。课桌上堆满了形形色色的习题册,墙壁上挂着偌大的倒计表。

我想念马小姗的时间越来越少。偶尔,躺在床上,看着那扇飘满洋槐树叶的窗户,会整夜整夜地失眠。不知道马小姗有没有想过那位名叫一杯咖啡的男孩。

马小姗的爸爸说，小海，我真羡慕你，正值年少，成绩又好。如果我有那么好的条件，我一定好好读书，去北京开间咖啡店，陪着我女儿。

这句话，忽然打破了我的沿海梦，我一直想走出高原，去平原看看，上海或者浙江。坐在一望无垠的沙滩上，听潮，奔跑，等成群的海鸥载着我的相思迁往昆明的滇池。

阳春三月，我终于决定去北京。去这座没有海，没有高原，亦没有海鸥遮天的城市。目的，只是想去北京看看马小姗，然后，把一切关于她的消息，告诉她爸爸。

为了去北京的大学念书，我新买了几本习题册。通宵达旦，拼了命地解题，拼了命地记公式，拼了命地背单词。

我把所有的青春和精力都交给了考试。目的，只是为了去一个之前我连想都没有想过的城市。

阴差阳错

昆明夏天来得特别早，不热，却到处开满了姹紫嫣红的花儿。茂盛的洋槐树在风中微微招展，像在甜蜜地窃窃私语。

高考已经完毕，我不顾爸妈反对，顶着天大的压力，毅然报考了北京的三所大学。

马小姗一直没有回昆明，巷南的咖啡店依旧红火。只是，送咖啡的，换成了一个陌生的小伙子。

录取通知书已经下来。坐在呼啸的列车上，我想，我注定就是一只红嘴海鸥。虽然心在昆明，却不得不去北方寻找另一个归宿。

我开始四处打听马小姗的消息。周末，坐着遍布北京的地铁，一所又一所中学地去找。顶着烈阳，站在学校公布的喜报栏下，一个名字一个名字地挨着看，到底有没有马小姗这个人。

我始终没能找到马小姗。后来，我换了方式，用各种搜索引擎在网络

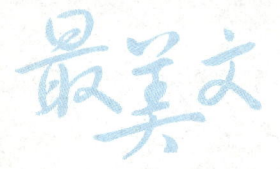

上苦寻关于马小姗的文字。

十月，一篇名为红嘴海鸥的日志跳进了我的视野。里面虽然没有马小姗的名字，却有一杯咖啡这个独特的称谓。

这是一个真实的故事。一位女孩，为了每天都能见到自己喜欢的男孩，总是抢在其他员工前面端走那些送往巷南的咖啡。为了这个男孩，她毅然放弃了清华梦，去了毫无四季之别的昆明。她说，她是一只红嘴海鸥，无论如何，她都必须飞回昆明。因为在那条开满洋槐花的巷子里，有一扇窗户正等着她。这扇窗户，名叫一杯咖啡。

温热的风暴在我的双眼里呼啸肆虐。我给这篇日志的主人发了邮件，问她，为什么所有北京的中学，都没有她的名字。

她给我回复了一张鬼脸，真傻，没看我的户籍是青岛吗？高考当然要被打回生源地啦！

许久之后，她发现异样，给我传来了她的电话号码。我刚拨通，她在那头就哭了，一杯咖啡，你的脚还疼吗？

我笑着问她，马小姗，如果我为你做了一只离家北上的海鸥，那么，你愿不愿为我做一片静默等待的滇池？

一杯咖啡，我答应你，每年春天，我都会平平安安地飞回去。

（原载《语文周报》2013年第12期）

四张机，鸳鸯织就欲双飞。这就是爱情本来的样子，尽管曲折，尽管经历那么多场的错过与相遇，最终却依然可以走到一起。原来，有情人终成眷属，是那么难的一件事！

十七岁的暗战

文 / 李赟

真正的爱情是不能用言语表达的，行为才是忠心的最好说明。

——莎士比亚

一

中考分数下来后，卢子萧给我打了电话，他说："我俩可真是性命相连啊！你差三分，我差四分。"就这样，我和卢子萧不得不自费继续高中生涯。

刚上高一那年，我便和卢子萧约好了，三年内，不上网，不恋爱，不打架，不旷课，争取一同考上北方的某所重点院校，继续这未完成的兄弟情谊。

可江小蔓的出现，彻底打乱了我和卢子萧的计划。江小蔓来自北京，长发，清瘦，说一口京味儿极浓的普通话。最要命的是，她不但学习成绩名列前茅，钢琴水平也好得不能再好。

高二那年，学校第一次举办迎新晚会，无可厚非，江小蔓的独奏成了整场晚会的压轴戏。但江小蔓说那是一首比较抒情的钢琴曲，需要有一些背景来衬托音乐所要表达的意境。于是，我和卢子萧自告奋勇，挤破了脑

袋,只为当钢琴两侧的道具。

功夫不负有心人,经过一个星期的折腾,名额终于定了下来。卢子萧站钢琴左侧,演一棵茂盛的梧桐树,而我站钢琴右侧,饰一朵金黄的向日葵。

江小蔓的出现,再次掀起了晚会的高潮。我记得,她那天穿了一袭紫色的晚礼服,束了高高的马尾,扎马尾的发卡上还露出一朵金黄的小花。不难看出,那是一朵灿烂的向日葵。

我心里欢喜万分,禁不住胡思乱想。江小蔓明知我演的是一朵大号的向日葵,却偏偏别有用心地在头上加一个小号的。这是不是她当众给我的暗示?

我不知道,反正那场晚会,彻底让我和卢子萧搞砸了。原因很简单,在全长不过五分钟的节目里,我和卢子萧总共转了不下五十次头侧脸去看她。

台下嘘声一片,甚至有人站起来大声嚷嚷:"搞什么啊?向日葵和梧桐树怎么会动?滚下去吧!"

江小蔓毕竟是女生,哪受得了这样的打击?我和卢子萧怔怔地看着她一路哭着跑进后台。谢幕后,我俩不约而同地从道具里跳出来,寻找江小蔓。

江小蔓走了,她在我和卢子萧的背包上毫不留情地写了三个字:"我恨你!"

二

因为那场演出的失败,我和卢子萧彻底成为了班级公敌。有人给我们取了个外号,叫隐身娃。意思就是说,以后不管谁看到我们俩,都得装做没看到。

我和卢子萧后悔极了,决定做点什么来补偿江小蔓。经过一番商议,我还是觉得物质上的比较实在，也能体现诚意。江小蔓不是北方来的吗？应该吃不惯南方的米线。于是，我和卢子萧每天早上六点起来，骑着晃悠悠的自行车到城北的小吃店里给江小蔓买新鲜的煎饼果子。

事实上，这个补偿的方法非常失败，那些辛辛苦苦跑几里路买来的煎饼果子，全都进了江小蔓隔壁那位胖女生的肚子里。

吸取这次失败的教训之后，我和卢子萧召开了第二次商议大会。卢子萧站在学校背后的田埂上指手画脚："上次呢，是我们考虑得不够充分，没有估计到江小蔓的自尊心，也没有找对补偿的方法。她不是喜欢音乐吗？咱们得从她的爱好入手，知道吗？"

卢子萧的一番胡言乱语，终于让我有了灵感。买MP3送给江小蔓这个提议，最终以全票通过的形式投入实施。

经过两周的"绝食"比赛，我和卢子萧终于凑够了买MP3所需的经费。

MP3买了之后，我俩之间又出现了一个难题。这么好的机会，到底该让给谁去呢？我说："让我去吧，现在江小蔓正在气头上，你不太会说话，容易把事情搞砸。"

卢子萧却死活不愿让步，还义正言辞地说："说的多，错的多，这可是咱们班主任反复强调的真理。因此，让我去，真是太合适不过了！"

没办法，只能抽签决定。

不知卢子萧那天走了什么狗屎运，三次抽签，三次他都抽到了"送"字。当我看着他屁颠屁颠地跑上前排，一脸谄媚地把MP3递给江小蔓时，我真想丢本书过去砸死他。

次日，班里一片欢呼。问其原因，才知道江小蔓已经把MP3主动捐出作为班级的公物了，以后每人掌管一天，可以在课间随意聆听自己喜欢的音乐。

我和卢子萧彻底无招了。

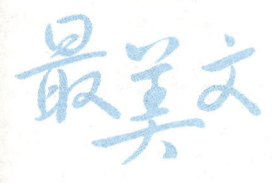

三

听说江小蔓所住的小区离学校很远,而且有一段马路正在整修,尚未安装路灯。于是,我和卢子萧又迸出了充当护花使者的念头。

要当护花使者,总不能大摇大摆地骑着单车吧?没办法,我和卢子萧只能徒步跟在江小蔓的车后。但痛苦的时候实在太多了,有好几段下坡路,为了跟上江小蔓的速度,我和卢子萧差点没把肺给跑出来。

不过,这个办法实在好,不到半月,江小蔓就开始体谅我们了。她经常会在下坡的时候捏紧刹车,而我和卢子萧也很知趣地在上坡的时候推她一把。

终于有那么一次,江小蔓在上坡的时候停下了,她无奈地看着我俩摇摇脑袋,然后好气又好笑地说:"真服了你们,我有那么小气吗?其实我早就原谅你们了。"

现实再次出现波折,她不原谅还好,这一原谅,又招来了我和卢子萧的暗战。周末的时候,卢子萧主动跟我说:"你最近学习成绩似乎有点下降,我看你还是好好温习功课吧,这样吧,以后护送江小蔓的事情就交给我吧!"

听完卢子萧这些虚伪的话,我当场跳作一团:"我温不温习功课关你什么事儿?说实话,我倒是看你最近睡眠不太好,每天晚自习过后,你还是早点回家休息吧。"

经过一番争执,我俩终于陷入了沉默,许久之后,卢子萧开口问我:"你是不是喜欢上了江小蔓?"我没说话,他接着又说了一句:"其实,我也是。"

本着公平竞争的精神,我和卢子萧做出以下决定:一、严格遵守二人规则,按正常日期分配,逢单由我护送江小蔓,逢双则交给卢子萧;二、不得随意在私底下恶意攻击对方,也不得抖露对方的缺点;三、谁要是先得到江小蔓的真实电话，那么，谁就算赢家，另外一方，必须自愿退出赛场。

从此，我和卢子萧的战役从暗战彻底转为明战。

四

我以为，我和卢子萧还有大把的时间可以争取，但一个不可更改的事实，却彻底击痛了我和卢子萧。江小蔓是转校生，户口和学籍都在北京，因此，她必须回北京参加最后的复习和高考。

时间迫在眉睫，江小蔓第三天离开，我和卢子萧一人还有一天时间。

在那段没有灯光的小路上，我鼓足勇气向江小蔓表白："小蔓，我喜欢你，我希望能和你继续保持联系，你能把你的电话号码告诉我吗？"

江小蔓婉言拒绝了我，她说："别担心，我会给你和卢子萧写信的。"

第二天，卢子萧给我发了短信，他说，他得到了江小蔓的电话。我没有半点怀疑，从江小蔓昨晚的态度来看，很明显，她喜欢的人一定是卢子萧。

事实上，卢子萧给我发短信时，他尚未得到江小蔓的电话。他在那段漆黑的路上佯装摔倒，把手划破了一大块皮。善良的江小蔓把他领回了家中，并让自己的母亲给卢子萧上药。

就在她俩离开客厅的一瞬间，卢子萧拿起江小蔓家里的电话，按起了自己的手机号码。就在他预备按下最后一个数字时，一只纤长的手挡住了红色的号码盘。

江小蔓严肃地跟卢子萧说："其实，我早就知道你们之间的约定。可我没想到，你竟会用这样的方法来骗取我的电话！"

江小蔓走的那天，我没有去送她，尽管我很想很想见她最后一面，可游戏规则早已定好，谁要得到了她的电话，另外一方就必须自愿退出。但我并不知道，其实卢子萧对我所说的，只是一派谎言。

当然，羞愧的卢子萧也没有去车站送江小蔓。

　　江小蔓走后，我和卢子萧各自收到了一封信。信里，尽是她的谢词，末尾，有一串陌生的数字。她说："这是我在北京的手机号码，你和卢子萧各有一半数字，我希望能在北京尽快听到你们的声音。"

　　趁卢子萧外出的时候，我把信末的那串数字撕了下来，放进了卢子萧的课桌。我心里清楚，卢子萧有多么喜欢江小蔓。倘若他得不到这一半号码的话，他一定会寝食难安，成绩下降，并与我俩先前约好的重点院校失之交臂。我不能失去他这个朋友。

　　当我满怀喜悦而又失落的心情跑回座位时，忽然在课本里发现了一封信。那是江小蔓写给卢子萧的信，信末有另一半我不曾看过的数字。

　　我抬头望向卢子萧所在的位置时，发现他也在默默地注视着我。

　　我和他一起笑了，那笑声里，藏满了两个少年十七岁的热泪。

（原载《少年文摘》2011年第8期）

　　那时候，我们都有一个梦想，就是跟喜欢的人在一起。所以拼命地学习，拼命地想要变好。尽管后来没跟喜欢的人在一起，可还是感谢那份珍贵的友谊，是它支撑我们走到了最后，并明白，什么才是最重要的！

第四辑

一条没有给过你温暖的围巾

今后,如果还有女孩亲手为你织了围巾,不管它如何丑陋,都千万别去笑话。你要知道,她之所以那样,其实是想用一米的温暖,围住一生所求的爱情。

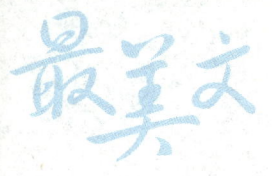

每个少年都有过谎言

文 / 夏丹

青春的锦绣与贵重，就在于它的天真与无瑕，在于它的可遇而不可求，在于它的永不重回。

——席慕蓉

记忆中，那是我生平第一次领取稿费。薄薄的青绿色的中国邮政汇款单，翻阅千山万水，在一片惊羡与欢呼中递到我的面前。终于，我有了"小作家"的称号。

那时候，我还不曾从艺，也不明白钢琴到底有多少黑键多少白键，仅是无由地爱极了郑智化，那样负有责任和无畏世俗的当红歌手。

我渴望，能与之一样，即便双腿无法撑起整个胸膛，也一样可以唱着"他说风雨中，这点痛算什么，擦干泪，不要怕，至少我们还有梦"的悲壮歌词，历游世界。

于是，15岁的时候，我用积攒起来的零花钱买了一把青灰色的红棉吉他。背着它，就像自己已经是一名脱离尘俗的歌手，傲然地享受着人流中惊羡的眼神与匆匆的回眸。

后来，父亲早早离去，我有了绝对的自由。我开始肆无忌惮地让我的头发疯长，从中间分开，在叮叮当当的自行车上随风飞舞。学校明文规定，所有男孩儿不能穿奇装异服，我就偏要买一套有着背带和月亮的黑色帆布衫，整日在校园里游逛。

当我鼓足勇气，将那把青灰的吉他背进校园的时候，楼上立刻响起了一阵盖过一阵的欢呼。在那时，吉他不像此刻那么普遍，很多时候，往往找遍一个小镇的校园，都不曾看到一名吉他手。

那些平日里对我忽冷忽热的伙伴们，迅速涌动到我的跟前。他们即便听不到我的歌声，听不到清脆的弦音，可只要能摸摸这把别致的吉他心情也会霎时爽朗。

他们央求我，在课余的时候来上一段，于是我成了万人瞩目的焦点。不到一个下午，校园里便传遍了，在三楼尽头的那个大教室里，有一位才子，不但写得一手好文章，还擅长动人的吉他弹唱。

一夜间，我收到了十几封陌生的信件，他们无不渴望要与我成为形影不离的朋友。我坐在明朗的月光中，握着墨黑的钢笔，慢条斯理而又心存幸福地给他们逐一回信。仿佛，这是我生命中的第一批崇拜者，因为他们，我寻找到了生命的价值。

第二天，我将花花绿绿的信纸亲自送到他们的手中，并与这一群轻浮与虚荣的同龄人，成了无话不谈的好朋友。

我开始了创作的道路。周末进城买很多的信封和邮票回来，坐在暖光中慢慢书写，而后誊抄在一张张薄薄的信笺纸上，投递出去，等候佳音。

振奋人心的时刻总是少之又少，往往一两个月过去，我精心构思的小说依然没有半点音讯。与此同时，我对人生有了不明所以的惶惑。文与艺，我最终该走哪一条路？踌躇了很多个日夜之后，我终于选择了艺术的道路。

当夜，我与母亲爆发了轰轰烈烈的家庭战争。在她的印象中，学艺之人皆是对高考无可奈何之辈。她说，学理无用之人，便从了文，从文再无用之人，只得投艺。似乎，我这个所谓深思熟虑的决定的背后，也有着那么点后怕的味道。我生怕，自己从文多年，最后一无所有。倘若从艺，

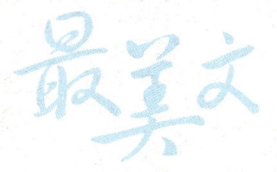

即便没了高考的荣耀,人生就此与求学殊途,至少也可以依靠音乐来养家糊口。

直到那时,我心里仍幽幽地惦念着流浪歌手这个可望而不可及的梦想。

市里预备举办一场校园歌手大赛。那些平日里对我热情至极的朋友,未经过我的允许,便以我的名义填了报名表,擅长乐器一栏里赫然写着,吉他。

我在一片欢呼与涌动中,背着青灰色的吉他去了现场。那些给我写信的伙伴,几乎无一缺席,均挥舞着双手站在台下为我喝彩助威。

那一刻,我生平第一次有了庞大的负罪感,在心间,像一块坚毅的磐石压得我无法喘息。我站在凉风徐徐的后台,看着一脸希冀的伙伴们,恍然觉察到了自己的无助和无能。

在无人顾及的时刻里,我落荒而逃,站在松涛阵阵的山坡上,泪落如雨。

当我回到家中,城市已陷入一片黑暗的泥沼。我不清楚该如何才能缓解内心的盘踞不去的愁伤,最后,在一棵茂盛的槐树下,我将那把象征荣耀和梦想的吉他摔碎。

我以为,他们已经清楚地知道,我所说的一切均是谎言。譬如,我根本不会吉他;譬如,我对音乐一无所知。可奇怪的是,他们仍旧与我保持着真切的友谊。

毕业前,有人悄悄写信向我道歉,希望得到我的谅解。原来,他的父亲并不如他初时所说的那样,是一位常年出差在外的老板,事实上他仅仅只是一名困苦的打工仔。

他之所以这么说,完全是出于年少的虚荣和多疑。他生怕,我们会因此而看不起他,冷落了他。如今,各奔东西,他终于陈述事实。

那一瞬间,我除了感动,再无其他。这一封简短的信件,不仅解开了那个在我心底纠葛多时的伤疤，也让我懂得深藏在成长背后的许多疼痛和无奈。

原来，每个少年都有过不同类别的谎言。

（原载《考试报》2015年第6期）

我仿佛看到了自己年轻时候的样子，为了引起注意，为了自己的存在感，为了某些不明所以的自尊，撒一些不计后果的谎。只是，最后让自己成长的，也还是这些谎言呢。

被虚度点亮的青春

文 / 王万龙

青春,如同一场盛大而华丽的戏,我们有着不同的假面,扮演着不同的角色,演绎着不同的经历,却有着相同的悲哀。

——郭敬明

我与他自小便是被家长们拿来作为比较的对象,尽管我们是同一个大院里同一棵槐树下长大的孩子,却有着泾渭分明的性格差异。譬如,我天生就喜欢读书,只要有四五本连环画在手,便可以一个礼拜不出门,不与任何伙伴来往。大院里的长辈们都说,我天生就是读书的料。事实上,也的确如此,我的成绩一直稳稳当当地名列前茅,直到后来安然地升入中学。

母亲时刻告诫我,不要与他们来往,他们这样的人,不学无术,长大之后一定不会有出息!

而我,从始至终,仿佛都是同辈孩子们的榜样。他们的父母习惯性地用自己的孩子来与我作比较,以此激励他们,努力学习。

为了保持这样的现状,我不得不寒窗苦读,不得不在人前装作一副乖孩子的模样。当大院里同龄的伙伴们对我心生怨恨,敬而远之的时候,我虽然心生忧伤,却还是得表现出一脸不屑的清高模样。

有那么一段时间,我觉得累了,自己实在是做不了百分之百的好学生了。因为,早恋这一个可怕的魔鬼已经悄悄地深入我的骨髓,我恍然发现，淡蓝的日记里，几乎每一页都写满了一个同班女生的名字。我无时无刻不在想念她。

我惊觉，甚至有些悲伤。我试图想要改变这样的困惑和无奈的处境，但仿佛我的一切努力都会在碰见她的那一秒里成为徒劳，我似乎成了坏孩子。于是，我渴望融入他们的行列，即便，不再拥有人前人后的光环，但至少我可以按照自己的意愿，随心所欲地虚度一次。

午后，我站在大院门口徘徊了许久，等待他们到来。半个时辰后，他们终于来了，肆无忌惮的欢笑声夹杂着响亮的口哨，呼呼地骑着自行车闪过我的身前。我很努力地想要叫出他们的名字，可伸长脖子踟蹰了许久，还是没能叫出来。

我像一个无知的孩子，在岁月的站台上安安静静地等待着临检，一步也不挪动。当那些熟知的朋友偶尔说出他们旷课之后的恶作剧经历时，我几乎瞪大了眼睛，怀疑，这不是历险记中才有的经历吗？他们笑我，反问我，是不是我从来没有做过那样的事儿。我说，有，我当然有！很多！

我不想告诉他们没有，因为，我不想连最后的这几位稍微可以说笑的朋友都失去。要知道，年少时的隔阂，很多时候，往往只是一句话，一个眼神而已。

中考的到来，注定了我与他们必须分道扬镳。他们成了另外一个世界的孩子，去感受云淡风轻，社会的辛酸，而我，仍然在四面高墙中继续着悲苦束缚的求学生涯。

有几次，我站在布满了脚印和泥污的高墙下，想要像当年伙伴们说的一样，跳将起来，双手抠住墙壁里的裂缝，一步一步攀援上去。可站了很久，我都没有跳跃起来的勇气，我恨极了自己，在这面与世隔绝的高墙之下。

我只能继续乖孩子的痛苦生涯，继续着十年不变的两点一线的生活。从家到学校，再从学校到家，高昂着头，对着春夏秋冬，虽然前方充满了惊羡与赞许，内心却还是止不住莫名的忧伤。

慢慢的，我被一种充实和希望所笼罩，由向往坏孩子的完整童年，到

厌恶所有虚度时光的人们。于是，我开始了轰轰烈烈的衣锦还乡计划，企图用最辉煌的人生来报效我的父母，诠释我的青春。至于那位填满我日记的女孩，也在这个热血沸腾的计划中，淡然隐匿。

很多年后，我的大学时光结束，自以为光鲜亮丽地回到大院门口。殊不知，完全没有我想象中的恢弘场面。即便是当初最喜欢用我与自己孩子作比较的长辈，也只是微笑着与我寒暄。

顺着小路缓缓行进，我的内心充满了一种被时光戏谑的哀怨。

同学聚会如期而至，我站在一群西装革履的旧朋中，忽然不知自己该往哪儿去。曾经早早脱离高墙束缚的，被长辈唾骂，被我所轻视的那些虚度时光之徒，已经在社会的洪流中站稳了脚步。而我，依旧是那般懵懂的模样，当年，是被他们的历险奇遇所吸引，如今，又被他们的传奇阅历所打动。

很多同学互相寒暄，拥抱。那些曾在班上让人望而生畏的坏孩子们，几乎没有一人将他们忘却。惟独我这个曾经被老师所庇护的尖子生，在一片哄笑与热切的交谈中，渐渐感受到了时光的残忍和冷漠。

与这些曾经虚度年华的孩子相比，我原本以为，我有了一段足可自傲一生的年纪，那么充实，那么温存。却不觉，自己在循规蹈矩的同时，也无可避免地被一柄名叫孤独的利剑所点亮。

（原载《语文报》2013年第33期）

到底是什么地方出了纰漏，是教育吗？是成功的定义吗？我不知道，只知道，当学习成为一种畸形的时候，失去的，不仅仅是那段沉闷死寂的青春，还有后来的一大段平凡的日子！

海和鱼的秘密

文 / 一路开花

我见过你最深情的面孔和最柔软的笑意,在炎凉的世态之中,灯火一样给予我苟且的能力……

——七堇年

2003 年 3 月 18 日　春日斜阳

你不知道班里的同学都对我退避三舍,你不知道我有着多么严重的自闭情结,你也不知道,我有着多么惹人讨厌的脾气。当然,我原谅了你的莽撞和自作聪明。因为你不知道这些,就如同我不知道这个世界每天都有多少座城市在下雨一样合理。

你坐在了我的旁边,开始大快朵颐地吃早餐。你举着那个被咬过的煎饼果子问我,你吃过早餐了吗?啊?要不要来一口?

我摇摇头,算是回答你的问题,你说我真酷,侧面有点像金城武。我还是没有理会你,因为那时,我的自闭症已经到了无以复加的地步。

原来,你和我一样,也是个不爱学习的坏学生。转学后的第一堂外语课,你便像高雅的魔术师一般,从狭窄的裤兜里掏出了一个宽屏的 psp 游戏机。

你指着游戏机上的英文问我,知道是什么牌子吗?我摇摇头。你目瞪口呆地说,不会吧?真的不知道?看清楚了,S.O.N.Y,这你都不知道?

这次,我连摇头都省略了,面无表情地盯着黑板。结果,就因为 21 世纪

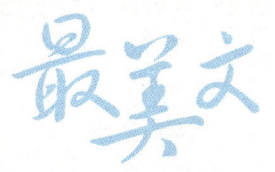

我不知道这个英文，你硬给我取了一个特别具有历史意义的绰号，元谋人。

我知道元谋人生长的年代，那是遥远的170万年前。

后来，有人告诉你我患有严重的自闭症。你不但不心生畏怯，还经常有意无意地逗我说话。我一直没告诉你，我的鼻子很好使。如果你不信，我可以告诉你，我坐在座位上纹丝不动，便能闻到你早上擦过的唇膏的气味。

终于有一天，我心血来潮，和你说了高三生涯的第一句话。我斥责你，不要每天都擦草莓味的唇膏行不行？你只有一支唇膏吗？

结果，因为我的这句话，你和前排的四眼田鸡大吵了一架，原因是你将满嘴的煎饼果子都喷到了他的脑袋上。更要命的是，你不知道他的座右铭是"头可断，发型不能乱；血可流，皮鞋不能不上油"就算了，还一面打着对不起的旗号，一面手忙脚乱地拨弄他的头发。

最后，你嚷嚷着说了一句，哇，你头顶上有好大一块疤，那儿没长丁点儿头发！

班上的同学被你逗得前仰后合。当然，我也笑了，那是我十七岁的第一个笑容。

2003年6月21日　流光遍野

期末考试，你得了全班第一。站在讲台上发言的你，忽然让我觉得无比高大。虽然你的身高只有一米六，但从那以后，你在我心里的光辉形象，绝对绝对超过一米八。

直到那天，我才知道你的名字叫秦雨天。

下台后，你一个劲儿地朝我显摆，元谋人，姐姐我厉害吧？一来就坐了你们班的第一把交椅。要知道当年俺和一帮兄弟在梁山，宋江都没现在的我爬得快呢！

暑假，我独自躺在卧室里看电视，不知你从哪儿弄来的号码，竟打来问我，元谋人，你出来吧，大伙儿都在等着你呢！

我去了，我虽然自闭，但也不喜欢扫大伙儿的兴致。既然你们叫我了，能想起班里还有我这么个人，我心里多少还是有些高兴的。

结果，我只看到你一个人。不用问你也会这么跟我解释：我从前的绰号就叫大伙儿，大伙儿就是我，我就是大伙儿。

你知道吗？那是我生平第一次和异性同学单独逛街。

你说我的话实在太少了，得找个方法改变改变。

你在马路旁的公用电话上按下了几个号码，而后将电话递给了我。我刚把听筒凑在耳际，那头便有人严肃地问我，请问你有什么需要帮忙的吗？

我说没有。他又接着问，那你有什么事儿？我接着还说没有。

片刻后，他喘了口气，说了一大串批评我的言语，还污蔑我妨碍司法公正。我怒气冲冲地和他吵了半天，喋喋不休地重复电话不是我打的。弄了半天我才知道，你打的并不是什么好朋友或者搬家公司的电话，而是报警电话110。

我生怕别人查出我所在的位置，拼了命地往人群里跑。你在身后一直朝我狂喊，元谋人，我摔倒了！元谋人，我摔倒了！其实你根本完好无损，你不过想要我停下身来，回头看你。

秦雨天，你知道吗？自从十五岁之后，我就再没说过那么多的话。

新学期语文课后，老师布置作业，让抄写新教授的古文五遍。

我伏在台灯下，一觉睡到半夜，醒来才发现自己的作业尚未开始。于是睡眼惺忪捏着钢笔，乱画一通。

接到分发下来的作业本时，你正朝我滔滔不绝地灌输江湖义气的概念。我说，你那么喜欢讲义气，那你先把我的事情搞定吧！

你翻开作业本一看，顿时哑口无言。语文老师用鲜红的钢笔在末尾批注了两个振奋人心的字眼：重做。

我偷着乐坏了，庆幸终于捡到了一次大便宜。岂料第二天，我竟被叫到了年级办公室。正当我莫名其妙百思不得其解时，班主任将我的作业本

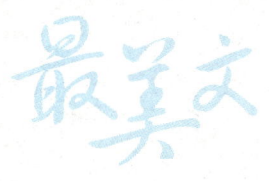

扔了过来。

原来,你在语文老师批注的"重做"俩字下面又坚定异常地加了另外两个字——"不做"。

2004年元旦　人声鼎沸

因为你的恶作剧,一向低调的我受到了有史以来最严厉的批评。我的坏脾气迫使我将你的语文课本烧毁,并将所剩的灰烬一片不漏地放进你的白色背包。

我们彼此陷入了不可解开的僵局。

你从原有的座位上搬离,进入了全班最好的贵宾区域。我悄悄算过,我们真正的友谊,仅仅维持了185天。

我重新回到孤独的世界,一个人上课,放学,吃早餐,无所事事。我看到你和贵宾区域的高材生们聊得火热,心里有种难以言明的怅惘。我暗笑自己,这有什么值得伤怀的呢?不就是一个秦雨天吗?那么多孤独的日子我都过来了,难道还怕之后那些所剩无几的时光?

事实上,我的确无法适应现在的生活。我已经开始学着吃早餐,因为你说过,不吃早餐的现代人迟早会变成木乃伊。我已经会说一些简单的字眼儿,是,不是,对,或者不对,因为你曾在无意中提及,你最讨厌沉默寡言的男生。

秦雨天,你知道吗?有时候我独自一人坐在空荡荡的卧室里,会忽然想起你的面容。偶尔,手握着听筒,按下你的号码后,却又忍不住在嘟嘟声传来之前匆匆挂断。

我想,我有点喜欢你,可这句话,我该怎么告诉你呢?是用日文法文意大利文,还是用玫瑰情书爱情卡?

只可惜,日文法文意大利文我不会,而玫瑰情书爱情卡,我又不敢送。于是,我只能选择继续沉默。

元旦联欢会上，不知是谁出的馊主意，竟然抽签玩起了真心话大冒险。晚上20∶45，我被抽进了人群中央。

去年跟你吵架的四眼田鸡在人群中暴跳如雷，嘿，大家都知道你有严重的自闭症。那么请问，自闭症先生，你有喜欢的人吗？请你如实作答。

人群忽然一阵躁动，我该怎么说呢？在这样的场合之中，我是不是应该勇敢一点儿，大声说出你的名字？

我从来没有真正勇敢过，包括今天。我自己都觉得自己在人群中窘迫得有些丢人现眼。最后，是你站出来替我解了围。你说，既然他是一个自闭症患者，又怎么可能会有喜欢的人呢？

秦雨天，你错了，真正自闭的人，往往更加懂得如何酝酿心中的情感。

2004年6月25日　暖风微醺

听说，你考取了重点大学。我终于可以凭借这个小小的理由，给你送上一张有着草莓味的贺卡。

这张小小的贺卡，终于使我们冰释前嫌。你在收到卡片的当天下午就嚷嚷了，那么多人送的卡片，只有我的只字未写。我说，千言万语尽在不言中，不言，才是最真的心。只可惜，你不明白我这句话中的隐喻。

晚上，我参加了你组织的party，狂欢过后，我送你回家。临近你家门的路口，你转身问我，你知道海水为什么是蓝色的吗？

我笑笑，用一本正经的态度告诉你，海水之所以是蓝色，第一、因为阳光无法照到五千米以下的海域，那儿，是永远伸手不见五指的黑暗；第二、因为阳光进入海面，会经过无数次折射……

我尚未说完，你便笑了，你说我傻，海水之所以是蓝色，完全是因为鱼。无数的鱼生活在海里，它们每天都说同样一个咒语：blue，blue，blue……这些千年不变的咒语，便使全世界的海水慢慢变成了蓝色。

你知道吗？我当时真想问你，如果喜欢上一个人，每天都念叨她的名

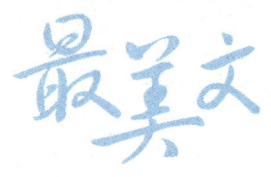

字,那么,她是不是就会像海洋接纳游鱼一般,让你住进她的心里,且变成你梦里的颜色?

我没有问你,因为我不是自由的鱼。像你这样成绩优异天真无邪的女孩,说什么也不可能喜欢上一个前途黑暗注定落榜的自闭小子吧?

我不打算送你,因为我知道,在另一个繁华的城市里,你很快将会把我忘记。

归来的路上,有人在喧闹的KTV里唱周传雄的《冬天的秘密》:"如果我说我真的爱你,谁来收拾那些被破坏的友谊,答应给你比友谊更完整的心……"

这篇六月的日记,我已无法再写下去。我一直在想,要不要告诉你卡片里的秘密。寻思了半夜,还是决定将它埋葬在大夏天的阳光里。

如果,如果有那么一天,你撕开了卡片的外层,看到内里,那你一定会读懂一个自闭的少年的心。他当年,有多么多么喜欢你。

我想,你永远都不可能知道这个秘密。

此刻,乌云像一面悲伤的旗帜,隐匿在我们的离别之后。闪电烧毁了两棵互相拥抱的榕树,窗外,是迷蒙的汽车与行人。匆匆而过的你,永远不会知道思念为何物。正如你不知道我想你,就像这世界每天都有一座城市会下雨。

(原载《新青年》2010年第6期)

我在想,性格真的可以互补吗?沉默的男孩子心里,似乎住着的总是大大咧咧的女孩子,即使后来真的错过了,那也值了。因为,自闭的他遇见开朗的她,便是青春的全部意义。

寂寞的十七岁

文 / 何东

走着走着就散了，回忆都淡了。

——席慕蓉

秦百川

蓝贝贝搬来李家大院没多久，秦百川就分门立派彻底当叛徒去了。

那时候，秦百川尚且还是个眉清目秀的小伙子，光溜溜的下巴上既没有粉刺，也没有青春痘。我和徐小儒成天坐在大院里的洋槐树下，画小人，诅咒见色忘义的秦百川出门磕掉大牙。

事实上，还没等出门，秦百川的厄运就滚滚而来了。

那天，恰好放月假。秦百川站在楼上，对着镜子，一面把头发梳得油光可鉴，一面得意洋洋地朝我和徐小儒抛媚眼。大家各自心照不宣，笑笑，我知道，这小子又要去城南中学骚扰蓝贝贝了。

他还没把三七头开分好，一个乌压压的大巴掌就从后脑勺那边拍了过来。我还没来得及幸灾乐祸，秦百川的肥妈就在楼上炸开了锅，瞧瞧，瞧瞧！你个瓜娃子，念哪个子书哦？简直就是浪费老娘滴钱钱！捡好书本滚回乡下去跟你那个哈儿老爹挖地喂猪算求喽！

我和秦百川说过一百八十遍，千万不要把不及格的试卷藏在房间里。他不听，非得这么干，还趾高气扬地朝我们炫耀，小子，懂不？这可是青春的印迹！我得好好留着，等以后老了，给我孙子看。

留着？真可笑。你也不撒泡尿瞅瞅自己啥模样，人中短，印堂黑，天生就是个短命鬼……徐小儒那张嘴巴，不论是谁都招架不住。

所谓屋漏偏逢连夜雨，船迟又遇打头风，此事还没告一段落，新戏又风风火火地开幕了。

当夜，秦百川的惨叫，差点把我们家的灯泡震爆。我一直没敢上去看，好事的徐小儒硬把他妈妈拉去劝架，结果，俩人都被四川话骂了个狗血喷头。

秦百川果然是个表里如一的汉子。不但成天嘴巴上对外宣扬最危险的地方就是最安全的地方，自己还躬亲力为，在卧室的墙角处打了一个小洞，用以存放低分试卷，暧昧情书之类的易燃易爆物品。

事情偏就那么凑巧。秦百川的肥妈原本是拿着扫帚打耗子，结果打着打着，就打出了秦百川精心设计的这个暗格。

三十多张零分试卷，五份家长通知书，十七封来历不明的情书，均于一夜之间曝露天下。

最要命的是，其中一封，就是打算圣诞节送给蓝贝贝的。

蓝贝贝

蓝贝贝的母亲是个地地道道的北京人，听说暗格情书这件事情之后，便彻底把秦百川纳入了蓝贝贝日常交友的黑名单。

秦百川不知死活，老是站在楼顶用小镜子把阳光反射到蓝贝贝的书桌上。蓝贝贝顺着光线抬头望去，嘿嘿地冲着秦百川傻笑。

那年我们刚满十六岁，蓝贝贝的短发就和她的个头一样，拼了命地往上蹿。没过半年，蓝贝贝就彻底从大大咧咧的假小子变成了亭亭玉立的姑娘。

她第一次穿百褶裙束高马尾路过洋槐树的时候，我和徐小儒正在商议考试作弊的细节。我抬着头，捏着小抄，故意文绉绉地跟徐小儒说，嗨嗨，快看，麻雀变凤凰，真是让老衲大吃一惊。

一斤怎么够？我们可是两个人呢，怎么也得二斤！徐小儒看着蓝贝贝坏坏地笑。

秦百川见状不妙，冒着生命危险从楼上偷跑下来，把我和徐小儒拖到暗处，暴跳如雷地说，他妈的，还是不是好兄弟？兄弟妻，不可欺，知道不？为了蓝贝贝，我可是挨过一顿打的。多的不说，也算是付出了一点点生命了。

徐小儒最擅长煽风点火，明见秦百川动了真情，他还在一旁不正经，哥们儿，这可不是闹着玩的，自由恋爱，懂不？谁还和你分先来后到啊？

结果可想而知，心急如焚的秦百川，听到这话，哪还有理智？不分青红皂白，朝着徐小儒的瘦脸就是一拳。

最后，俩人鼻青脸肿地站在蓝贝贝面前，死活让她选一个。蓝贝贝估计是被逼疯了，脑袋进了不少水，转头甩甩长发，搭着我的肩膀说，你俩，我谁也不喜欢，我就要他了！

我

徐小儒和秦百川当场傻了，之后，我受到了严重的孤立。

连夜打好的小抄，凑钱新买的MP3，全在徐小儒那儿。不用说，他肯定黑吃黑了。可我没想到，秦百川竟然阴险到把我代他写给蓝贝贝的情书更名换姓，给了全校最丑的胖女生柳白楠。

狂轰滥炸，流言蜚语，我的生活瞬时陷入了瘫痪。蓝贝贝语重心长地劝慰我，小海，就算那天我选你是闹着玩的，就算我后来狠心拒绝了你的邀请，你也不用这样自暴自弃自寻死路吧？

天生好热闹的徐小儒当然不舍得错过此等好戏，挥毫泼墨，当众给我写了一首新版的《赠汪伦》：小海爱上柳白楠，月下花前独自盼，白楠体

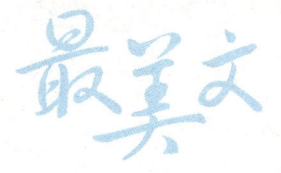

重二百五,小海不知怎么办。

期末考试成绩下来那天,徐小儒和秦百川泪眼婆娑地站在校门口等我,一见到我垂头丧气地走出来,立马就异口同声翻翻高歌又一版本的《听海》:听,海哭的声音,谁会被打到断了筋,大小便失禁……

当初说好三兄弟同生共死的,没想到,真有难的时候,他俩比谁都狠心。我在楼下被气急败坏的家人骂得狗血喷头,他俩便在楼上撕心裂肺地唱着川妹子的《康定情歌》。

二哥,真不好意思,昨晚我们喝多了,没听到你的呼救声。下次,下次一定带上我妈前去搭救。秦百川那恶心样,是人见了都想朝他脸上拍个几板砖。

二哥?我看他昨晚估计都快被酿成二锅头了。徐小儒继续幸灾乐祸。

那个夏天感觉特别冗长,阳光铺满大院,四处开着鲜花,知了在树上无休无止地叫唤。我和秦百川,徐小儒,蓝贝贝四个人,成天坐在洋槐树下胡思乱想。有很长一段时间,我们都在争执同一个问题,要是不幸中了五百万,怎么办?

如果当时有人把我们的点子记录下来的话,我保证,那绝对可以拿诺贝尔最佳创意奖。

徐小儒

高三上学期,学校通知蓝贝贝得尽快返回生源地。四个人的梦,忽然像冬天的洋槐叶一般,飘飘扬扬地碎了一地。

秦百川跟蓝贝贝说,贝贝,你等我,我一定会去北京找你,蓝贝贝哭了。坐在校园的楼顶上,四人始终保持沉默,而寒风则像利刃一般,呼呼地刮过脸庞。

蓝贝贝临行那天,大院里忽然下起了白雪。空荡荡的洋槐树,再也藏不住一丝岁月的秘密,徐小儒始终没有出现。

听说，徐小儒后来独自追着大巴车跑了很长时间。他一直哭一直哭，矫情得像是拍电影。

蓝贝贝走后，高三轰轰烈烈地来了。人生和前程，如同河流一般，清晰而又冰凉地横跨在无形的青春里。

秦百川拼了命地念书，只为那个无关痛痒的承诺。

徐小儒始终没能坚持到最后，高三上学期还没结束，徐小儒就拖着大包行李上了火车。听说，他舅舅在山西开了个煤场，生意不错，缺少人手。

徐小儒给我打过很多电话，后来，母亲怕影响我的学业，彻底把家里的座机给断了。

秦百川最终还是不得不向命运臣服，他认了，累了，妥协了。

徐小儒把他生命里的一份工资汇给了我和秦百川，他在汇款单的留言栏里附了一句话，兄弟们，一定要好好读书！

拿到这笔钱的时候，我和秦百川站在邮局门口哭了。

十七岁

原本打算用这笔钱买长途车票去山西看徐小儒，可后来，却因为秦百川的母亲，无限延期。

工头说，秦百川的母亲是自己不小心才从脚手架上摔下来的，建筑公司不能赔钱。那天晚上的秦百川，至今仍然使我心惊胆颤。他握着水果刀冲向工头的那一瞬间，我的身体彻底僵硬了。

再后来，建筑公司的老板跑了。一大批从西南而来的打工仔，没日没夜地坐在黑蒙蒙的毛坯房里，等待奇迹的出现。

十几天后，我接到了一所三流大学的录取通知书。秦百川为了表示祝贺，把他母亲生前买给他的手表转送了我。我们站在夏天的大院里推搡了很久，一直到星星爬上夜空，知了重新开始无休无止地叫唤。

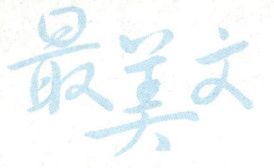

他说，小海，咱们三兄弟，就你一个人上了正途。好好干，别让我和小儒失望！

秦百川彻底消失了。他和蓝贝贝，和徐小儒一样，像一抹掉落在湖泊里的水彩，慢慢地遁隐了所有踪迹。

我只身去了湖南。大学里，隔三岔五就往家里打电话，询问秦百川回来没有。

每年春节回家，我都会特意去楼上看看。门把上的大锁生了锈，我握着小刀，一点一点把它们刮下来，而后，不厌其烦地朝着锁孔里打润滑油。我一直在想，要是秦百川回来了，打不开锁怎么办？

大四那年，秦百川终于给我写了第一封信，他说他过得很好。信末，他问我，小海，大院还是老样子吧？

我该怎么回他呢？此刻，大院的洋槐树依旧立在风中。

前面又是一条关于抉择的路。我知道，我只能像当年那样，忍住悲伤和泪水，只身一人，默默前行。

可谁知道，这些只能由自己去走完的路途上，究竟潜伏了多少成长的寂寞？

（原载《初中生学习》（中）2015 年第 3 期）

曾经有那么一群人，邂逅在青春的沼泽里了，说好了一起走，可最后还是失散了。因为命运捉弄，因为一场考试，反正，就这样散了……

一条没有给过你温暖的围巾

文 / 马丽华

躲在某一时间,想念一段时光的掌纹;躲在某一地点,想念一个站在来路也站在去路的,让我牵挂的人。

——郭敬明

谁让你入学生会

迎新联欢晚会,应小青自告奋勇报名表演高难度魔术,空箱逃匿。

应小青说,这个魔术非常简单,就是在众目睽睽之下把一个人五花大绑。而后,放进一个事先准备好的空箱里,用黑布盖上十秒。只要十秒,这个人就会从舞台上消失。

虽然在电视上见了不少这类稀奇古怪的魔术,但在现实生活中,还真没瞧见谁有这等本事。我把应小青的联系方式留下了,并把这个节目作为压轴戏推荐给了辅导员。

由于这次迎新晚会要在市区礼堂表演,因此,学校领导三令五申,一定要严格把关,筛选出高质量的节目。

四十个预定节目,将通过彩排过场的形式,砍掉二十八个。四选一的概率,让很多演员倒抽了一口凉气。

临近彩排的时候,应小青十万火急地给我打了电话。喂,学长吗?帮帮忙,帮帮忙,快!来体院馆彩排现场!

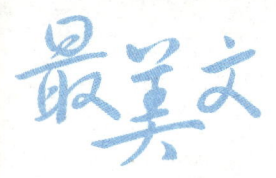

此刻，我正睡得忘乎所以，极不耐烦地说，同学啊，是你彩排，又不是我彩排，你叫我去干嘛？再说了，我昨天晚上去车站接新生，半小时之前才睡下呢，你还让不让人活了？

我以为，应小青会知难而退，岂料，她竟无视我的坦白，在电话那头气急败坏地吼道，谁让你怂恿我们积极报名？谁让你入学生会？谁让你当学生会主席？哦，没事的时候，你成天穿个蓝色袍子在系里走来走去，冒充美国超人，但凡有事，你就脱下外套装憨豆先生，是不？

没办法，刁民难治。我睡眼惺忪地跑去体院馆，还没弄明白究竟是什么情况，应小青和严佳伟就五花大绑地把我摁进了箱子里。

哇，刚好能装进去，行，行，就是你了！应小青在后台欢天喜地。

学长，没办法，原来找好的那个演员最近发福了，怎么塞都塞不进去，只好委屈下你了。应小青一面故作无奈地解释，一面不留余力地把箱子踢得咚咚闷响。

好你个应小青，不就是来晚了一点吗？你至于这么公报私仇？

苍天弄人啊，我堂堂七尺男儿，学生会主席，竟会在今日阴沟翻船，成为身不由己狼狈不堪的箱中囚徒。

阴差阳错

我不止一次向应小青抗议，喂，青蛇，把我当蘑菇头塞进箱子也就算了，干嘛还要用严佳伟的隔夜毛巾堵住我的嘴？

这不是节目的需要吗？捂上毛巾之后，灯光一打，你整个人，整个魔术都神秘了不少。严佳伟在一旁幸灾乐祸。

也不知辅导员是不是瞎了眼，平日里跟我称兄道弟，胡吃海喝，没少蹭我的饭。可真等到彩排的时候，我一个劲儿在台上摇头使眼色，他却丝毫也看不出来。

报幕的时候，统分出来了，我彻底吐血。他竟然伙同另外一位评审给应小青的节目打了满分。

在后台碰上他,我真恨不得给他两耳刮子。兄弟,我够意思吧?一眼就领会了你的意思。两个满分,牛吧?放心啊,这节目绝对上了。不过话说回来,你刚才演的可真好,尤其被人绑进箱子那段,真是活灵活现地表达出了一个受害者的无奈与辛酸,好!好!辅导员一边说,一边朝我摆弄大拇指。

大哥,我说你是白内障还是青光眼啊?我那么死命地朝你抛眼色,你没看到也就算了,谁让我娘没把我的眼睛生得像牛魔王那么大?可我把头摇得跟拨浪鼓一般,你总该瞧见了吧?我那时告诉你,我是被逼的,这节目不能上,不能选!你倒好,给弄了俩满分……

两人在后台僵持了半天。

最后,辅导员语重心长地拍拍我的肩膀,哥们儿,这次算我错了,行不?但事情都这样了,你也就想开点吧,总不至于让我跟其他领导说,刚才那两个满分是我糊弄上去的吧?就当是为了大哥,忍辱负重,忍辱负重啊!等迎新晚会结束了,大哥给你补偿,请你去会宾楼喝两杯。

事情都到这个地步了,我还能说什么呢?会宾楼就会宾楼吧,总比在学校食堂里咽干饭强。

临行的时候,辅导员扔下了最后一句话,哦,忘了跟你说,去会宾楼吃饭记得带钱哈!

事出意外

我估计,上辈子我除了吃饭拉屎,就是杀人放火了,要不,怎么会碰上应小青这个灭绝师太?

联欢晚会还没开始,台下就坐满了乌压压的人。我刚从预备好的箱子里跳出来,就被严佳伟这个叛徒五花大绑,重新按了回去。刚想开口叫骂,馊臭的隔夜毛巾就硬堵进了嘴巴。

黑幕一盖,严佳伟赶紧帮我打开了箱子的暗格。不知是我太重,还是这小子是用力过猛,竟把屁给捣鼓出来了。

真要命,黑幕下本来空气就不流通,再加上被人堵住了嘴巴,想不用鼻子都不行。应小青故作神秘地跟观众说,来,大家一起倒计时,只要十秒,箱子里的人就会彻底消失,来,十,九,八,七……

还没数到五,我就窒息了,按捺不住,噼里啪啦地从箱子里跳了出来。应小青和台下的观众彻底傻了。

工作人员见压轴戏出了那么大的岔子,赶紧拼了命地谢幕。

应小青还没把我嘴上的毛巾取出来,就暴跳如雷地朝我乱吼了一通,我说你是疯了还是怎么了?就差五秒了,五秒,你跑出来干嘛?

你哑巴啦?还会不会说话?要不是被绑着,我真想上去抽应小青两个耳刮子,然后再好好地问问她,谁被隔夜毛巾堵了嘴还能说话。

表演失败,听说应小青被系领导狠狠批了一通。虽然,我和应小青非亲非故,但终归到底,我本身还是有些责任。我给应小青打了电话,给她赔罪,青蛇小妹,算了,别生气了,整件事情都怪我,谁让我人瘦耐力差呢?区区一个严氏导弹都受不了。我真是该死。

谣言漫天飞

才和应小青吃了不到六顿饭,寝室里的八卦男生们就炸开了锅,哎哟,主席同志,看来您真是宝刀未老啊,钻箱子都能帅得把美女魔术师迷晕。

我对这帮光棍先生彻底没招了。不知是谁泄的密,凌晨一点,千里之外的陈文清打来长途电话,把我审讯了整整一个半小时。

好你个李兴海,你可真够大胆的啊!都快毕业的人了,你还勾三搭四?也不看看你那老牛样,还想吃嫩草?别以为我不知道应小青是何许人也,我告诉你,我的爪牙们都和我说了!想想吧,你说这个问题怎么处理?

我好说歹说,嘴皮子都磨破了,才把陈文清这丫头给摆平。

没办法,为了明哲保身,我只好和应小青拉开距离。虽然二人清清白白，但我实在不想让陈文清伤心。

三年的异地恋情，怎么说都不容易，我不能因为自己的马虎大意而功败垂成。我曾答应过陈文清，要陪她一直走下去。

显然，事情没我想象得那么简单。第二天，男生宿舍楼下的宣传栏里，全都贴满了同一张宣传单。上面啥图案也没有，光写了几个大字，触目惊心的大字，李兴海是孬种！

应小青可真行，不仅在每张宣传单上坦然留名，还拒绝高科技辅助，一律采用手写体。

冬天的礼物

应小青消失了大半月之后，又忽然在食堂出现了。我愣头愣脑地端着个饭盒，还没来得及说话，就被应小青的白色围巾给缠住了。

哎，学长，圣诞节了啊，穷人家的娃子，没啥贵重东西，只能送你条亲手织好的围巾。千万别扔了啊，这毛线可是恒源祥的呢，超贵。

话还没说完，应小青就一溜烟消失在了食堂的楼道里。

看来，这应小青还是个懂事的孩子嘛，不但知错能改，还给我报恩来了。不过，这围巾织得也太够耐人寻味了，我在电话里忍不住跟应小青说，青蛇小妹，你织的那条旷古绝今的东西，如果不是围在脖子上的话，绝对有八成以上的良好市民会把它当成杂货铺的劣质渔网。

那条围巾，我一直没系。虽然我自己没有，陈文清也从来没有为我织过，但我还是不习惯应小青的热情。

大四的冬天还没过完，我和陈文清的恋情就彻底结束了。当前程与爱情不得不抉择其一时，她毫不犹豫地抛弃了后者。据说，那位追她的男孩，不但一表人才，且家世显赫。

很多时候，爱情就是这样，上面虽然写满了非君不嫁，非伊不娶的海誓山盟，却也不过是一张脆弱的白纸。

遇不逢时

吃散伙饭的时候,我忽然想起陈文清的面容,想起那些关于陪她走下去的承诺。

当夜,我趴在宿舍的卫生间里,吐得昏天暗地,吐得嚎啕不止。

应小青在电话里说要送我的时候,我已经踏上了北去的列车。没有告别,没有眼泪,和当初来这个城市一样孤独。

我换了号码,没有告诉任何人。我和应小青彻底失去了联系。

一年后,应小青毕业。她不知从哪儿弄到了我的电子邮箱,给我写了一封绵长的信。

我曾见过一只扑翅翱翔的飞鸟,却从未有幸抚摸它亮丽的羽毛。如果你真的聪明,应该能够看出,一个女孩不自量力地报名表演魔术,想方设法逼你就范,不过就是为了能和你相遇、相识。很多时候,我以为你知道,我做的一切都附有深意:我写字,是为了写你的名字;我任性妄为,是为了与你有同一段故事;我亲手送你围巾,是为了让你读懂我心底的秘密……

我以为你会带我追逐一生的浪漫,以为我的等待终会被你发现,可走到今天,才明白你与我本身就是四个忧伤的字——遇不逢时。

今后,如果还有女孩亲手为你织了围巾,不管它如何丑陋,都千万别去笑话。你要知道,她之所以那样,其实是想用一米的温暖,围住一生所求的爱情。

原来,我只是一条从未给过你温暖的围巾。

(原载《意林 12+》2011 年第 3 期)

我们总是那么笨,发现不了一个人那么默默无闻的付出和感情。感情就是这样,拖沓冗长,总是不能简单明了地在一起。

青梅竹马流水去

文 / 郭紫雯

　　风吹起如花般破碎的流年，而你的笑容摇晃摇晃，成为我命途中最美的点缀，看天，看雪，看季节深深的暗影。

——郭敬明

一

　　当我历经三年初中，三年高中的万千苦难，全然超脱至大学校园时，万万没有想到，竟会碰上莫小路。

　　乍听这名儿，所有人在大脑中浮现的画面无不是清纯异常的美丽女孩儿。而实质，莫小路只是一个眼小唇厚的怯懦男孩儿。

　　他是我的小学同学，小学六年，他与我同桌了六年。这六年的时光，可以说是我一生中最悠然的时光。

　　我无须担心清早上课时，课本忘带，不用去为该吃什么早点诸如此类的问题伤神，更不必自带抹布，小心翼翼地擦拭桌椅……

　　这些问题，莫小路同学一律会帮我解决。

　　若说我此生最恨之事，怕是生来女儿身了。从我对莫小路同志的相处方式来看，大家都知道，我有武则天的影子。几年的时光，我惟独叫过他一次全名，那是在第一次见面的时候。当他把自己的名字写在课桌上时，我旋即笑得前仰后合,并毫不吝啬地给他取名"小路子"。

"小路子,帮朕倒水!小路子,帮朕打扫今天的卫生!小路子,帮朕把作业写完!"在我的印象中,我总有提不完的要求。而他,也好像是有着使不完的精力,这就构成了我们之间的完美社会——愿打愿挨主义社会。

说实话,我自己也不明白,为何莫小路会心甘情愿地听我差遣?

起初,我与他是一般高的,或许,我稍微占了那么一点优势。因为他老爱穿那种平底运动鞋。而我,则偏好有点后跟的镶花小皮鞋,用母亲的话来说,我自小就有极高的臭美天赋。

三年级上学期,经历了一个寒假后的莫小路让我毫不犹豫地坚信了课本上的那句"瑞雪兆丰年"的话。悄无声息地在几场大雪之后,他竟然高出了我足足半个头。

习惯了之前可以平视着指挥莫小路的日子,现在他忽然长高了,竟有些不习惯。可这不是问题,即便这是问题,也终究会有解决的办法,尤其是我有那么聪明的脑袋。

莫小路照旧穿平底运动鞋,只是,他在我面前说话必须低头。这样,我才能一边俯视着他脑袋上面那个歪歪的螺旋训他,一边滋养着我心中那份无法泯灭的帝王成就感。

二

几年后,我回省城念初中,临别时,无由地伤感起来。我买了一本特大号的同学录,分出一半的纸张来给莫小路,让他把所有想对我说的话都写下来。

我想,我忧伤的缘故大抵是因为那时,他是我仅有的一个朋友,一个可以与我同甘苦,共患难的朋友。一想起那几次老师问,这数学作业是你抄莫小路的,还是莫小路抄你的时,他总会毫不犹豫地说:"是我抄她的!"

我眼睁睁看着莫小路的手从苍白到红润,由红润到青紫。那时候不知为何,心里竟没有半点感动,只是无由地害怕。心想,要是这些板子全挨到我手上的话，那不得开花啊？

莫小路很少会哭，相反倒是我经常掉眼泪。看着看着莫小路挨打的过程，眼泪就不争气地掉了下来。

大抵，孩子都是这样的吧，见不得半点儿有伤害性的场面。不过，就算是经历了这些事，也没能改变我对莫小路怯懦的看法。

说实话，我自己都不明白，为何我会觉得莫小路怯懦。大概是他太过于听话的缘故，更或者，是他的眼睛太小，吸收的光亮不够，才导致内心阴暗的吧。嘿，管他什么缘故，只要他乖乖伺候好我就是了，我想那么多干嘛呢！

照毕业相的时候，莫小路自带了相机。不过，他畏缩地在我面前徘徊了几次，仍没敢提出合影的要求。反复数遍后，索性装好相机，独自上楼去了。

我暗骂："胆小鬼！难不成要本大爷央求着你来跟我合照一张啊？去死吧！"

就这样，我和莫小路在难以名状的仇怨中分别了。

三

大学第一天，我就在报名处川流不息的长队中认出了莫小路。他还是那德行，嘴唇宽厚，眼睛小得不行，跟近视眼眯起来一样。唯一可让人接受的地方，便是他的牙齿还尚且称得上洁白。

六年未见，他高了许多。此时，估计任凭他怎么低头，我都得仰视他了。心中暗恨，为何时光爷爷就不迁就一下我的身高呢？想想也对，这小子，为我跑了六年的腿，得到了那么充足的锻炼，要是还长不高的话，岂不是亏了我的精心栽培吗？

他像是瞅到了我，贼眉鼠眼的，在刺眼的阳光下，小得看不清他的眼珠到底往哪个位置瞄。

填交了报名表后，他径直朝我走了过来，在我左右摇晃了大半天，终

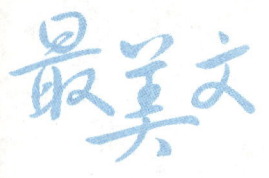

于顾起勇气问:"你是……"

"不是!肯定,确定,绝对不是!你认错人了,不好意思!"话未说话,我便转身提包走人了。

他还愣将在那儿,张大了嘴巴,两片厚厚的嘴唇像腊肠一般悬空漂浮着,让我觉得恶心。

去你的!六年了,你还是没个男人样!还是那般怯懦!要问就问,你看你那副畏缩的样子!

我在心中把他咒骂了千万遍!忽然想起那个照毕业相的午后,顿时怒火中烧,甚是感慨:原来,这世界真小!

事情并不如我想象的那般简单。一直好强的我,进学校的第一件事便是向学生会递交了我的申请。笔试顺利通过,周末面试。

怀着豪情万丈的心情,热情澎湃地步入考场。刚坐定,便见一恐怖人物端坐在我前排,越看越觉得眼熟。三秒后,我确认,他就是怯懦男人莫小路。

怎么办?怎么办?我心里陡然生出无数疑问?自我介绍的时候该不该说谎?说谎的话,不明摆着自动弃权吗?如果不说谎,莫小路就算是傻子也知道我是谁了,那我美好的大学四年就要以惨淡收场了。像他这种毁容级的人物,跟他走在一起都觉得丢脸。

最终,我选择了面对现实,至少,我觉得自己不应该和莫小里一般怯懦。

如我想象,当我上台说出自己的名字时,台下的莫小路又把那厚厚的嘴唇张开了,许久不曾合上。说完,他第一个给我鼓起了掌,眼睛定格于我所在的方向。

我想,老天总是公平的吧?我面对了现实,以牺牲四年大学的好心情作为代价,总得让我有点补偿吧?要是学生会成员没竞选上,又被莫小路这怯懦男人扯住问东问西的话,那我不是得吐血跳楼?

老天果然公平,实现了我这个"愿望"。

四

莫小路拉住我的胳膊，张着大大的嘴巴笑道："老大，真是你啊？我找你找得好苦啊！"

接下来的那一段路，我几乎是从他的口水里游弋过来的。说实话，我当时真有试图灭了他的冲动。

莫小路要走了我的电话，并把我宿舍的位置，成员，挨个调查清楚，仔细地记录在一张淡蓝色的纸片上。完毕，朝我冷若冰霜的脸笑笑，把纸张折了又折，塞到衣服最里层去了。

屋漏偏逢连雨天。碰上莫小路的第二天，我便因长智齿导致牙龈发炎，躺在了医务室。莫小路知道这个不幸的消息后，十万火急地赶了过来，手里提着大包小包。我毫不客气地伸手一探，猛然发现那些包装袋都是被打开过的。

我劈头盖脸，唾沫横飞地把他骂了个狗血喷头。问他，你是不是白痴，包装袋都被别人打开过了，你还买？他悻悻地看着我，像个受了委屈的孩子，半晌才说，这是我昨天刚买的。我想你生病了，现买怕来不及，索性就把我这份提过来了。要是你不喜欢，我再出去新买就是了。

恍然，感觉自己从里到外，从上至下，被一种前所未有的温暖包围了。我仍旧面不改色，瞪大了眼睛看着他。他低头不语，直到我把算了这两个字轻吐而出，他才如释重负，小心翼翼地帮我剥着橘子。

针水打完，同寝的姐妹才姗姗来迟。看着为我忙前忙后的莫小路，她们惊讶得定住了身形。其中一位姐妹惊呼，我说你啊你，速度这么快啊？才开学，就傍上了这么一个体贴的男朋友啊？

我险些把刚吃下去的橘子全吐出来，怒吼出两个绝对有力的字：放屁！忙碌的莫小路，猛然回头看着一脸怒火的我，嘿嘿地笑。

拔针的医生刚进门，便被满地橘皮吓坏了。她一脸悲凉地说，我看你这一星期都接着来吧，长智齿最忌食辛辣，上火的食物，橘子那么上火的东西你都敢吃，准备打一星期吊瓶吧！

果不其然，次日，我的右脸臁肿得像个萝卜。我对着电话那头的莫小路几近咆哮地吼道，你给我三分钟死到楼下来！

显然，莫小路被我的样子给吓到了。站在楼下，仰头对着楼上的我一边疯狂道歉，一边安慰，说之后一月的粥他给我熬，并且想办法送上来。

我吩咐宿舍的所有姐妹，任何人，不能以任何借口帮莫小路捎东西。她们大都知道我的性情，只好唯唯诺诺地答应了。

莫小路大抵是想到我会来这么一招，竟然准备了绳子。他把热腾腾的绿豆粥装入一个拧紧的瓶子里，系在绳子的一头。然后，在楼下大声地把我唤出来。经过远远的助跑，用力把绳子另一端抛上二楼。

我感觉，我就像童话故事里的金发姑娘，把自己绝美的秀发抛将下楼，让心爱的王子上依它登空上来。只是故事稍有不同，抛金发的公主不是我，而是莫小路。

五

这样的饮食方案，足足维持了一月。虽然，他在期间努力变换不同的方法为我熬粥，但粥就是粥，什么味道，什么材料，都无法更改它最终要面目全非，混为一锅的结局。

我厌恶了。我在喝完粥后，把我的情绪写在纸条上，顺着绳子一起抛还给了莫小路。

那个清晨，莫小路要走了我的钱包，说为了让我吃饱喝足，他已到了弹尽粮绝的地步。

傍晚，我照例收到那个为我盛粥的罐子，打开一看，里面竟安躺着一块颇为精致的水晶手表。在众人的一片惊呼中，我直奔阳台，臭骂了莫小路一顿，我说，你是不是想死？你不知道我从小就不爱表吗？再者，你这不是骂人吗？很久之前，我就跟莫小路说过，我最恨的礼物就是手表，因为那是在骂我婊子。

莫小路站在宿舍楼下大喊，不，不是的，这是用我们俩人的钱买的。记得小时候的童谣吗？——我们两个好，凑钱买手表，你戴戴，我戴戴，你是我的小太太。

最后那一段童谣，莫小路是在夕阳中念出来的，极为动情。

我被莫小路这样的表白方式给吓坏了。换一个人，或许我不会有丝毫惊讶，可对于他，我从来没敢想过，一向懦弱的他，竟会如此勇敢。更没想过，他会喜欢上我这样蛮横任性的男人婆。

我没说话，迎着凉风，默然不语地进了宿舍。坐定后，满脑子都是莫小路的影子。从远远的童年一路倒影过来，像一部扉长的电影。

半晌后，收到莫小路发来的彩信；里面是几张年代久远到让我无法在瞬间记起的照片。照片上，我一脸阴冷，和一个都忘却了的，缺了半块门牙的男孩站在一起。

我能确定，那男孩不是莫小路。

再仔细想想，时光陡然回到了八年前。莫小路怀抱一个相机，畏缩地在我身旁左右徘徊，最终没能说出他的意图，逃上楼消失了……

原来，他不曾消失，他只是躲在我未曾觉察到的角落里，默默地完善了心中的梦想。

呼呼的风中，莫小路哽咽着说，你不喜欢我不要紧，我们仍旧还是朋友，我照旧会听从你的吩咐。不信，你现在就说，我马上照办。

我将写好的纸条随罐子一同抛到楼下。纸条上是未干的字迹：小路子，请将我还有我的青春，小心珍藏。

（原载《语文周报》2014 年第 18 期）

昔日的梦幻和华美，在我柔情的梦里，一点点，一点点散成碎片。我用最完美的孤独，眷恋了你的足迹。

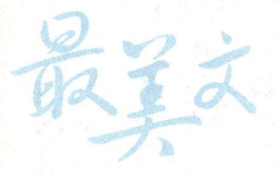

关于黄白蓝的一切

文 / 告白

　　一些事情渐渐变得淡灭，你知道它存在过，但却已经忘记怎样的存在过。

——七堇年

都是凉鞋惹的祸

　　你又问我，关于黄白蓝的消息，那么多年过去，你还是执意将她放在心底。

　　她很好，独自趴在阳台上看小说。比起当年，她真的安静了很多很多。

　　你又在电话里朝我描述你们第一次认识的场景，虽然你之前说过很多遍，但你从不觉得厌烦，你仍然讲得绘声绘色，细腻传神。

　　那是2003年的夏天。你刚从广州过来，异常时髦，成天穿着新买的皮凉鞋在学校里乱晃，动不动还冲路过的漂亮女生吼几句标准的粤语歌曲。

　　那时学校刚在扩建，又偏偏逢上这个多雨的季节，通往宿舍楼的小路上到处都堆着水泥和施工要用的黄沙。

　　你估计是在思念哪家的黄花闺女，竟然失神地走进路旁的施工地，把整只脚都踩进了和好的砂浆里。

　　你急坏了，那双帅气的皮凉鞋可花了你整整半个月的生活费。你扶着施工地里的电线杆拼命抖脚，像是跳劲爆火热的霹雳舞。

黄白蓝打着小伞刚巧路过。不知是你抖得太忘情，还是雨声太大，黄白蓝连朝你连喊了两声喂，你都没有丝毫反应。

黄白蓝骨子里天生就有见义勇为拔刀相助的侠女情结，二话没说，操起屋檐下的木棍便朝你的后脑勺挥舞而去。

就这样，你莫名其妙地倒在了施工地的电线杆下。

在医务室醒来之后，你第一个见到的就是黄白蓝。她守在你的床边，委屈得像只受伤的惊兔。

黄白蓝说，同学，对不起，我以为你触电了。

你的流氓脾性在什么时候都可以肆无忌惮地跳出来，没关系，没关系，我是触电了，幸好你救了我。你看，我是不是应该以身相许呢？

没完没了的故障

你把黄白蓝的照片给我看，你说这是我未来的嫂子。我大骂你是个臭屁精，你说你要证明给我看，在一年之内拿下黄白蓝。

天公作美，你才说完这番话没多久，黄白蓝就给你打了电话。她的朋友圈里，就你一个是学计算机的。

程序崩溃，无法运行，这正是你最擅长处理的故障。不到一个钟头，你就把她的电脑弄得比以前还流畅。

黄白蓝说要请你吃饭，你去了。可你天生就是个见色忘义的多情种，竟然把工具包扔给一旁的我，并悄悄塞给我五块钱让我去食堂吃炒饭。

好，看在钱的份上，我原谅你。

晚上回来，你大肆跟我炫耀黄白蓝在饭桌上的文静优雅，谦和有礼。你说她一看就是大家闺秀，出自名门，不像我这类只懂得狼吞虎咽的乡巴佬，没有一点美感可言。

我说，你快别臭屁了，人家电脑修好了，以后也不会找你了，你还是

省省吧。

结果,你的回答让我当场对你刮目相看。你说,小子,你懂什么?我在修电脑的时候悄悄把她的音箱线路给搞坏了,回头她肯定还得找我,知道么?

如你所料,黄白蓝不得不找你。就这样,你用你的小聪明和小伎俩骗取的了黄白蓝的信任,在女生宿舍楼里出出进进,忙忙碌碌,比真正的电工还要勤快。

熟悉得差不多了,你决定彻底把黄白蓝的电脑修好。可为了避免她跟其他男生有过多的联系,你偷偷在她的电脑里安装了一个定时关机的程序。

于是后来很长时间里,黄白蓝怎么都弄不明白,为什么一到晚上十点的聊天高峰期电脑就自动关机。

埋单王的秘密

黄白蓝的手机欠费,你是最着急的那个人。

为了能打通黄白蓝的电话,你竟然昧着良心在乞丐碗里抢饭吃,从我裤兜里硬抢走了仅剩的五十块钱。

所谓善有善报,恶有恶报,真是一点没错。就因你看错了一个数字,结果,那绿花花的五十块钱就这么无缘无故地充进了别人的手机里。

想来想去,你觉得不甘心,于是拨通了那个相差一个数字的号码。对方是个中年男人。

叔叔,真抱歉,我刚才不小心看错了数字,把五十块钱充进了你的号码里,反正你这手机也迟早要缴费,你看你能不能把这钱再充还给我?

去死!谁让你充的?年关将近,债主们都在到处找我,我昨晚故意打了两个收费电台让手机停机,你今早又给我充钱进去,你有病是吧?滚!

这件事,你一直没有告诉黄白蓝,估计除我之外,没有一个人知道。后来,我把这件事情更名换姓地说给了黄白蓝听。黄白蓝一度笑得不行,说如此戏剧性的经历，绝对可以拍成电影。

我想，如果黄白蓝知道这个事情的主人翁是你，她一定笑不出来。因为任何人都可以看到，你对她的真心。

大二那年，黄白蓝家里遭逢变故，生活一度陷入窘迫。你清楚黄白蓝的个性，你知道如果直接给她钱，她肯定不会要。于是，你就在学校招募了两个小乐队，自己当经纪人，天天帮他们拉活干。

你对价钱没什么高要求，你只是有一个不能动摇的原则——要你的乐队上台演出，必须要用你指定的主持人。

这个主持人不是谁，正是当时一筹莫展的黄白蓝。

黄白蓝知道你的用意。可她却不知道，整整一年多，你都把你那份中介应得的酬劳算成主持费用一并给了她。

不仅如此，每次演出完毕去大排档吃夜宵，你都抢着给钱，我知道，你心疼黄白蓝，你知道那份钱对她有多么重要。因此，你不惜在暗地勒紧裤腰带，在众人面前装埋单王。

多余的对不起

大四那年，黄白蓝成天拉着你去看一个软件公司的小职员。海归回来的奶油小生，英文说得比中文还流畅。只是动不动就摆个兰花指，让人欲吐不能。

你赌气在半路劫道要走了这个小职员的电话号码，你一面把纸条塞给黄白蓝，一面恶狠狠地说，追啊，有种就追到手啊！

令你意想不到的是，黄白蓝真和这个小职员好上了。

感情有时就是这样。在某一瞬间，也许爱与恨的位置会倏然调换。

为了报复黄白蓝的无知行为，你答应了那个骚扰你很久的女生。说实在的，她比黄白蓝漂亮，比黄白蓝温柔，家庭背景也比黄白蓝好。

但是，你并不觉得开心，这一切，我都看在眼里。虽然这女的能说会

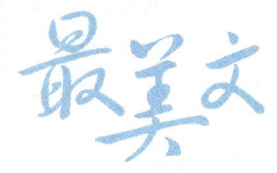

道,拉商业演出比你还要厉害,为你赚了很多钱,可你仍旧不快乐。

其实,黄白蓝和那个奶油小生也好不到哪里去。第一次约会吃饭,那小生就在餐后提出了美国式的AA制,结果,让当天穿裙子赴宴而没带钱包的黄白蓝尴尬了好半天。

你和黄白蓝像是久婚不果的夫妻,因为无法得到一个爱情的结晶而想尽办法地四处求医,甚至不惜让对方难受。

也许你们都在那一刻忘却了,爱的本质究竟是什么。你们明明知道回去的路该怎么走,却双方都不愿放下年轻时要强的面子。

毕业后,你和那女的结婚了,没办法,她怀了你的孩子。很多时候,生活就是这样,你以为走出一步之后你还有退回的选择,可大多时候,你连偏离一寸的余地都没有。

我从来没有告诉你,在你结婚那天,黄白蓝去了哪里。

她坐几十个小时的火车回了学校,站在与你相识的医务室门口哭得昏天暗地。

黄白蓝说,她一直在等你正经地追她一次,因为你嬉皮笑脸的样子总让她觉得不够安全。

可惜,你再也没了那样的机会,以至后来就连说句对不起,都显得有些多余。

第二颗智齿

你结婚前几天长了第二颗智齿,你打电话跟我说,你都怀疑自己是否真的好命。如果不够好命,那为什么那么多人长智齿会痛得撕心裂肺,而你却毫无感觉?如果真的好命,那为什么偏偏又要让你错过最不该错过的黄白蓝?

结婚那天,身穿白色西服的你左脸肿得像个包子。谁能想到,第二颗智齿,竟会忽然让你疼到话语凝噎。

你不顾妻子劝慰，喝了很多酒。我开车把你送回去的时候，你在车里跟我说，黄白蓝是你的第二颗智齿。那毫无防备的疼，像忽然钻进心脏的子弹，差点要了你的命。

你说，如果我可以，就帮你好好照顾黄白蓝，时间，最好是一生一世。

2011年10月17日，你从广州飞到昆明参加我和黄白蓝的婚礼。宴席上，你抱着我的肩膀说，只有把她交给你，你才能彻底安心。

原来，即便我从来没有告诉过你，你也知道，这么多年过去，我和你爱的是同一个人。

买给黄白蓝的婚戒是我请你帮忙挑的，因为我知道，这是你的心愿，也是黄白蓝的心愿。我记得你说过，真正的爱，不是得到，而是守护。

当我把黄白蓝抱在怀里享受众人祝福与掌声的一刹那，我忽然找不到人群中的你。也许，你和当年的黄白蓝一样，正躲在一个幽静的角落里发出一个成年人的哭泣。

临别时，黄白蓝主动拥抱了你。她说，谢谢你这些年给我的爱。

我没有半点醋意，陪着你们一路走来，我知道这一个拥抱里的感激和情怀。

我仍然给你打电话，仍然会把黄白蓝的一切告诉你。我们理所应当享受这样甜蜜而又毫无隔阂的真情。

因为是你让我明白，每个人都有权利守护心里那个永远不破的秘密。

（原载《考试报》2014年第19期）

我们的一生都在马不停蹄地错过，错过朋友，错过那个相守一生的人。如果稍微勇敢些，结局，会不会不太一样？

第五辑

仅是一朵花开的时间

原来，暗恋就像一朵最为幽僻的马蹄莲，虽生于无人知晓的角落，但一样有着不可更改的花期。它再柔暖的绽放与再无意的凋零，都仅仅只能是一朵花开的时间。

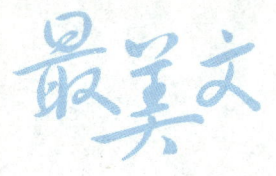

靛蓝小孩

文 / 罗静

遇到你时，我尚是一张白纸。你不过在纸上写了第一个字，我不过给了你一生的情动，心底有了波澜。但我知道波澜总归会平静。

——七堇年

希腊叛徒

你能帮我约下梁朴树吗？这个问题，普晓江跟我说过不下一百八十次。

梁朴树是我的同桌。此人除了学习成绩名列前茅之外，还随心所欲地长了一张卖国贼的脸。我经常在浦晓江面前数落他，看看，看看，哪个中国人敢生成他那样？卷发，高鼻，白肤，活脱脱就是一个被希腊驱逐出境的叛徒。

每次我说梁朴树的坏话，都会遭来普晓江的无情痛打。普晓江暴跳如雷地扯着我的领口盘问，说！你是不是对人家的相貌羡慕嫉妒恨？你是不是觉得我和他特别有缘分？你是不是会继续帮助我搞定靛蓝小孩？

靛蓝小孩，乃是普晓江私自给梁朴树取的爱称。她说，颜色之中，靛蓝是高贵，纯洁的象征，而孩子，又恰巧代表了天真无邪，因此，这四个字，最能体现梁朴树的优点。

我得意洋洋地问浦晓江，哎，你也说说，像哥这样英俊挺拔，潇洒倜傥的风流才子，该用哪四个字来体现呢？

普晓江那个毫不犹豫的答案，差点没让我吐血。这个没良心的东西，这些年为了载她，我把自行车都给骑坏了几辆，现在，她竟然用"黑虎掏心"这四个字来形容我。

当然，我也不是什么省油的灯。第二天，我便把这个来之不易的绰号送给了梁朴树。

上语文课的时候，我跟梁朴树说，小子，有人想约你，她说，她很想近距离看看你这张黑虎掏心的脸。

希腊人又一次拒绝了未曾谋面的普晓江。

秋日图书馆

普晓江窝在我自行车的后座上，杀猪般地乱喊，死靛蓝小孩，你凭什么不和我见面？你凭什么拒绝我？

普晓江每说一句，就要在我的后腰上狠掐一把。我一面扭着屁股躲开普晓江的猛烈攻势，一面幸灾乐祸地说，唉，人家之所以不见你，还不是出于恐惧，你干嘛非要用你的脸来吓唬他呢？对于命运如此悲惨的希腊叛徒你都不放过，你也忍心？

周末，我一句漫不经心的话，使普晓江欢蹦了整整一下午。我端着大杯柠檬茶，坐在小区的秋千上，猛吸一口，哎，我们中国的文化，还真是博大精深，把那希腊叛徒都给吸引住了，成天往我们学校的图书馆跑。

普晓江顿时疯了似的抓着我的手臂大喊大叫，吓坏了坐在花园里晒太阳的老头。

为了能够近距离接触到希腊叛徒，普晓江彻底改变了形象。当她束起马尾，身着一身白底蓝花的连衣裙向我款款走来时，我忍不住惊呼，哇，天庭闹饥荒，仙女都下凡啦！

秋天的风，像恋恋不舍的候鸟，在城市的上空来回盘旋。普晓江几乎每天都会跑去图书馆看看，希腊人到底有没有在里面。

我一直没有告诉她，梁朴树只有在清晨时才会来图书馆。

事情总会出现偶尔。第三十二个下午，梁朴树忽然一改常态，跑去图书馆还书。普晓江慌乱如同受惊的野兔，她死死地拉着我碎碎念，完了完了，靛蓝小孩来了，怎么办？怎么办？

哈，真巧，你也在这儿啊？梁朴树径直走来跟我打招呼，我点点头。

你女朋友？挺漂亮啊，你小子真不老实！还没等我张口解释，普晓江就抢先出声了，不！我不是他女朋友！

普晓江的情急之态，使整个场面陷入了尴尬。十几秒后，梁朴树准备要走，普晓江忽然向他伸出了右手，嗨，你好，我叫普晓江，很高兴认识你。

两只温热的右手，就这么残忍地在我的瞳孔里交握。如此安静的秋日，竟没人听到，一阵轰隆的心碎之音。

三个字

我和普晓江的恩怨，是在六岁那年结下的。那时，她们家刚搬进宝华小区。

我坐在花园的石凳上玩小狗，普晓江硬是要过来抱它。气急之下，我推了她一把，结果，她因势倒地，前额重重地碰在了花坛的石角上。

直到此刻，普晓江都会站在镜子面前手摸额头，咬牙切齿，天杀的！要是因为这个疤嫁不出去的话，我保管让你断子绝孙！

我拍拍普晓江的脑袋，流里流气地说，姑娘，抬头让大爷瞅瞅？哟，瞧这小脸，水灵成这样，还愁嫁不出去？要真嫁不出去的话，三年后，来给大爷做小妾还是可以的嘛。

普晓江每次都恶狠狠地脱下鞋子朝我脸上扔，她不知道，其实我说的一切都是真话。如果她愿意，三年后，我会义无反顾地娶她。

周二下午，一个眼大如牛的男生在厕所门口拦住了我。他小心翼翼地问，哥们儿，普晓江是不是你女朋友？我莫名其妙地摇摇头。

太好了！帮帮忙，把这封信送给她，回头我请你吃十顿大餐，成不？还没等我回答，这人就飞身逃之夭夭了。

这封信只有三个字：我爱你。普晓江拨通了信纸背后的电话，温柔至极地说，兄弟，我也有三个字要告诉你，你去死！

挂完电话，普晓江补了一句，除了靛蓝小孩，我谁也不稀罕。

秋日的落叶在晚风的云霞中震颤，像是兀自哭诉无人听懂的哀怨。我默默地蹬着自行车，始终没有勇气问普晓江，是不是我对你十一年的坚持，也敌不过梁朴树的一句甜言蜜语？

易拉罐的心

普晓江再没给我机会储备勇气。

她没有坐上我的自行车，只是安静地站在我的后面。犹豫了片刻，她终于对我说，嗯，我和梁朴树开始交往了，他不太喜欢我和其他男生靠得太近，你以后还是别载我了吧。

我故作从容地笑笑，丫头，祝贺你，你一定会幸福的。

为了躲开希腊人和普晓江，每天放学，我总是第一个冲出教室，第一个骑着自行车飞上公路。我不想看见，希腊人和普晓江齐头并肩的背影。

普晓江说，她和靛蓝小孩很有缘分，他们的名字都是三个字，且有一个字的读音相同。

这世界，有多少人来过又匆匆离去，他们都有着自己的姓名。同名同姓尚且比比皆是，为何你非得把不相干的两个字看成是上天赐予的缘分？

因为这句话，普晓江彻底和我断了联系。她说，她不明白，为何与她最要好的我，总是要反对她的爱情。

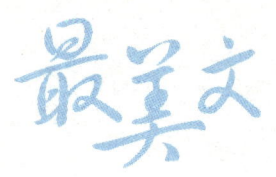

普晓江当然不会明白。易拉环拼了命地护着易拉罐的伤口,可易拉罐的心里,却永远只装着可乐。

奋不顾身

开学大典,普晓江跑到我们班的方阵,和希腊人站在一起。

普晓江把外语课本的扉页叠成了老鹰飞机,她晃着手里的重大成果问希腊人,喂,靛蓝小孩,你敢不敢?

希腊人向来是个循规蹈矩的胆小鬼,他一本正经地说,晓江,别闹了,现在正在开会呢!

普晓江有点生气,她几乎想都没想,就把手里的飞机扔了出去。结果,这架乘风而去的飞机,不偏不倚,恰好撞在秃头校长那张唾沫横飞的嘴巴上。

谁?给我滚出来!到底是哪个班的坏分子?啊?简直无法无天了!

人群一阵躁动。

肯定是中间这条线的,飞机就是往这个方向飞过来的。请中间这条方阵的各班班主任迅速查证,这样的坏学生,我们一定要严厉处分!

普晓江和希腊人瞬间噤若寒蝉。

我知道,如果没有人站出去,这场典礼,永远都不会完结。

一分钟后,我主动走上了讲台。因为这件事,我不但遭到了所有校领导的批责,还在全校的广播里连续念了三天的检讨书。

普晓江在小区门口对我说谢谢的时候,我笑了,你知道吗?为了你,我可以对任何事情都奋不顾身。

靛蓝小孩

普晓江并没有因为我的牺牲而感动。她的心,从始至终都是一个冰冷的易拉罐,而易拉罐里面只有可乐一般的靛蓝小孩。

填报高考志愿那天,不知为何,我忽然有了一股充满惆怅的勇气。我知道，如果这次再不坦白，那么，我将会错过一切可能出现的奇迹。

清晨，我一个急刹车把普晓江拦在了十字路口。咳，普晓江，记得你说过，你很想去海滨小城看看。如果，我报考了沿海城市的大学，那么，你会不会跟我一起走？

普晓江顿了片刻，仰面看着我。她的眼眸第一次深邃得使我害怕。

很感谢你这些年对我的照顾，但我一直都把你当成哥哥来看。对不起，我已经答应梁朴树，要陪他一起去西安。

在风起的路上，我独自眯着眼，把自行车的前后轮骑得呜呜作响。

就算梁朴树懦弱得不肯为普晓江做一点点牺牲，就算我慷慨到可以为普晓江不顾前程，忘却生死，那又怎样？普晓江喜欢的，照样还是擅长明哲保身的梁朴树。

普晓江要走的那天，我在她的背包里塞了一本新书，名叫《靛蓝小孩》。我说，希望你的靛蓝小孩，能和这本书一样，终身对你不离不弃。

傍晚 5∶30 分，飞往西安的客机准时掠过小区的楼顶。我冲着轰隆隆的飞机大喊了一句，普晓江，我喜欢你！

那颗坚强了十一个春冬的少年泪，终于在十七岁的秋天落了下来。

（原载《语文报》2014 年第 16 期）

有没有那样一个人，让你在青春里疯狂，在时光里想念，在前程里遗憾；有没有那样一份情，让你纵使无比痴情，可还是换不来机会。可是正是这份情，才让我们懂得怎么去爱一个人，不是吗？

爱在课堂上睡觉的姑娘

文 / 宋敏

所谓良缘是两情相悦，如有金玉为伴，才算得上是锦上添花。

—— 刘同

一

武大郎这个绰号，是李小满给王灿灿取的。王灿灿虽然不是什么人见人爱的大帅哥，但起码也还算过得去，因此，王灿灿对这个略带人身攻击的绰号表示严重抗议。

李小满解释说，是因为王灿灿跳舞跳得好，所以才给取了这个绰号。王灿灿还是没想明白。李小满接着解释说，这就叫顾名思义，听过甩饼没有？见过甩饼没有？为什么叫甩饼？不就是因为这饼是用手甩出来的么？

王灿灿彻底昏了，扯着李小满的挎包说，姐，那炊饼呢？是不是用吹风机吹出来的？

李小满的回答，让王灿灿当场吐血，哥，我怎么知道炊饼是不是吹出来的，你得问问自己吧？武大郎可天生就是个卖炊饼的好手！

李小满的人气绝对不是盖的，不到半月，周围的人就全都改口叫王灿灿为武大郎了。王灿灿因为此事对李小满怀恨在心，决定不再给她使用那份精心炮制的奶茶小抄了。

期末考试如期而至。李小满和王灿灿的学号连在一起,因此,座位也是一前一后。

没有丝毫准备的李小满急得差点发疯,抓着刚走进教室的王灿灿就准备动刑,死小子,你搞什么?干嘛关机?小抄呢?小抄呢?

王灿灿吸口奶茶,语重心长地仰天长啸,这位同学,请不要逼我做那些弄虚作假之事,本人生平最恨鸡鸣狗盗之辈。况且,学习这个东西,是要脚踏实地才行滴,一步一个脚印,一步一个台阶,这才有可能到达知识的高峰,明白吗?

李小满刚想动手,监考老师就杀进考场了。李小满只能咬牙切齿眼睁睁地看着王灿灿趾高气扬大摇大摆地走过去。

李小满知道王灿灿这个半瓶油绝对不可能不准备小抄,只是,这次他的小抄放在哪里呢?李小满知道,这一次明摆着力夺不了,只能智取。

仔细观察半天,才发现王灿灿这家伙把答案全都缩印在了奶茶杯子上。怪不得他老假装沉思状,紧盯着奶茶看。

就在前后两位监考老师转身交替的一瞬间,李小满起身拿走了王灿灿的那瓶奶茶,王灿灿气得差点吐血。

做完试卷,李小满丝毫没有还回去的意思。王灿灿急了,直接站起来报告,老师,我身后的李小满同学抢我的奶茶!

岂料,李小满娇滴滴的回答,彻底让两位监考老师鄙视王灿灿。老师,不好意思,我渴,他是我男朋友,明知道我一早上没吃东西,还舍不得给我买杯奶茶喝。

二

因为李小满的故意捣蛋,王灿灿大二学期的政治经济学毫无疑问地死在了医院门口,看到成绩报表上赫然写着的"59"分,王灿灿当场泪奔。

李小满实在过意不去,决定买点什么以作补偿。结果,被怒气汹汹的

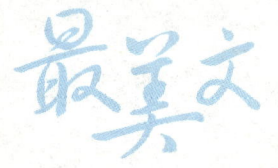

王灿灿当场拒绝。

王灿灿义正言辞，士可杀不可辱。

李小满听说王灿灿最喜欢吃城北那家麻婆店的鸡蛋卤粉，特意坐一个多小时的地铁过去买了两份，亲自送到网吧里。

兴许是网吧地板太滑，李小满一个趔趄跌坐在王灿灿的大腿上。崴了脚，磕了头，李小满捧着卤粉大喊大叫。

王灿灿放下手里的鼠标，捂着李小满的嘴巴说，别吵！你有病是不是？没看我正带人攻城吗？多少条兄弟的性命就在我手上哪！

李小满好心好意顶着大太阳给他从城北买卤粉，结果，自己还不如一场游戏来得重要。

李小满站在旁边看着王灿灿聚精会神的模样，越想越气，最后，直接把一盒卤粉全倒在了王灿灿的脑袋上。

王灿灿彻底懵了，满嘴满鼻全是酱油和蒜蓉的味道。

攻城失败，王灿灿无处撒气，把那些抱怨怒骂的弟兄们全杀了。

王灿灿掏出手机在网吧里拍照，发微博，上论坛。王灿灿自嘲说，这绝对是古往今来吃卤粉的第一人，方法都那么与众不同。

李小满坐在电脑前，刚打开电脑看到王灿灿满脸酱油满头卤粉的样子，就彻底喷饭了。

所谓一笑泯恩仇，李小满给王灿灿打了个电话，约他吃饭。

几分钟后，王灿灿顶着满头卤粉出现在学校食堂里，人群中的李小满，差点不治身亡。

三

冰释前嫌后，李小满继续跟着王灿灿瞎混，上课一起睡觉，下课一起打闹。

寝室的男人们都怂恿王灿灿说，哥们儿，拿下吧！李小满这丫头挺不错的。要是你身体有什么问题，心理取向有什么不对劲的话，我们兄弟几个可就不客气了。

王灿灿懒得和他们废话，换身衣裳，继续大摇大摆地和李小满出去吃烛光晚餐。

回来之后，寝室的人全睡了，王灿灿蹑手蹑脚地打开灯，忽见桌上写有几个赫然大字："别占着茅坑不拉屎！"下面还有几个熟悉的签名。

王灿灿毫不客气地在另外几张书桌上回了话："老子痢疾，你们管得着吗？"

其实王灿灿心里早就盘算过这笔账，李小满虽然没啥女人味，但也算长得漂亮。况且，性格爽直，待人真诚，偶尔还会玩点小体贴，的确是做女朋友的最佳人选。只是，李小满的脑袋有点古怪，很难搞清楚她在想什么。万一表白之后被拒了，怎么办？那可真就连哥们儿都没得做了。

因此，思前顾后，王灿灿决定先试试水深水浅再说。

周末，阳光大好，王灿灿邀李小满去市区购物。聊了半天之后，王灿灿见时机成熟，去超市买了两盒优乐美奶茶。

王灿灿捧着热气腾腾的优乐美问李小满，你知道你是我的什么吗？

什么？李小满斜着眼睛问。

优乐美啊！你就是我的优乐美哦！因为只有这样，我才可以把你捧在手心啊！

李小满后来的对白，足以让周杰伦当场吐血。优乐美？啥意思？喝完就扔是吧？你见过谁成天像个傻子一样在手心里捧个空奶茶罐子？

四

王灿灿决定追李小满，是在大三上学期。

王灿灿坐火车才到半路，行李箱就被人调了包。行李箱里不但丢了王灿灿的身份证，还有那张存有学费的银行卡。

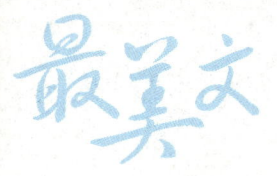

走投无路，王灿灿用即将欠费停机的手机给李小满和寝室的兄弟们群发了一条长长的求救信。

凌晨三点，火车到站。王灿灿两手空空刚出站口，就看到了满眼血丝的李小满。

王灿灿花两个月时间才补办到身份证和银行卡，王灿灿天天臭屁说，学校就是学校，知识的天堂，科学的圣地，视钱财如粪土。你看，我欠学费那么久了，也没人催我。

等王灿灿拿着银行卡去财务室交学费才知道，李小满早就偷偷帮他缴过了。王灿灿给李小满打电话，李小满在电话里笑着说，兄弟嘛，还见外这些东西？你什么时候有了再还我就是了！

当夜，有个陌生号码给王灿灿发了条短信，大致内容如下：如果在大学中，你的身边有一个爱在课堂上睡觉的姑娘那就娶她吧。第一，她肯定不打呼噜；第二，这样都能考上大学说明她智商高；第三，睡觉不盖被子不感冒，说明她身体好；第四，上课光顾着睡觉了没时间和小帅哥短信传情，说明她不犯花痴以后肯定专一。

王灿灿越读越觉得有道理，自己还额外构思了几条加进去，然后转发给了李小满。

直到凌晨，王灿灿都没收到李小满的回复，王灿灿越想越害怕。

五

所谓孤军奋战，破釜沉舟，置之死地而后生，得先豁出去，才有可能活。

王灿灿心想，反正短信已经发出去了，不如放手一搏，就算最后死得难看，也没啥可后悔。

第二天清早，李小满一如既往地跟着王灿灿进教室上课，接受点名，然后睡觉。

王灿灿心里更没底了，这是暴风雨之前的宁静吗？还是最后一顿晚餐？管他呢，反正决定豁出去了，还有什么可怕的。

李小满是被一群人吼歌吵醒的，李小满刚抬头准备发火，就被一圈玫瑰花包围了。

王灿灿说，小满，我喜欢你，我王灿灿将从今天起对你实施长期收购，高价入手，终身收藏，绝不倒卖的方针政策。如果你现在不答应，没关系，我是长期的，我可以等。

教室里的所有女生们都疯了，估计长那么大，还没见过哪个男生这样的个性表白。

李小满站在一圈玫瑰花里笑了，武大郎同学，你欠我的学费还没还呢，只要你不跟我说这些花是用我的钱买的，那就万事好商量。

人群一阵欢呼雀跃。

事后，李小满神秘兮兮地跟王灿灿说，武大郎，有个秘密，一直没有告诉你，那天晚上给你发短信的陌生号码，其实是我临时买的手机卡，你中计了！

王灿灿甩甩头发道，不好意思，我早就去营业厅以充话费为名知道了机主是你，一切，也只是将计就计。不过，那些玫瑰花和承诺，都是真的。

李小满同学，请你继续跟着我武大郎混吧。

（原载《考试报》2014年第33期）

美好的爱情总是让人动容的，因为看惯了生离死别，看惯了单相思，看惯了因为各种原因最终没能在一起的爱情。所以，当有人真的再一起了，就祝福他们吧！

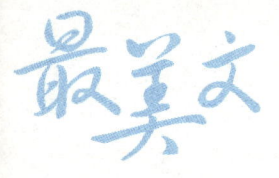

仅是一朵花开的时间

文/一路开花

　　暗恋是一个人的独舞，尽管我不会跳舞，但我已经品尝到孤独的滋味。

——佚名

不可说的秘密

　　我没有告诉任何人。其实，第一次帮石一鸣传纸条给莫小璐时，我就喜欢上了莫小璐。

　　石一鸣是我的好兄弟。我们的衣服是同一种颜色，同一个牌子，我们的发型出自同一位理发师，我们的口头禅几乎一致。最要命的是，我们喜欢的女孩儿几乎也是同一类型。当然，这一点，石一鸣不可能知道。

　　嗨，帮忙，快点传给莫小璐！石一鸣在背后用钢笔使劲儿地戳我的后背。我捏着他写给莫小璐的纸条说，哥们儿，你这纸条里有错别字，到底改不改啊？

　　石一鸣知道我的语文水平在年级名列前茅，于是，豪迈地拍拍我的肩膀说，这点小事不会还要大哥我操心吧？你改就是了！快点啊，都快下课了，你赶紧传给莫小璐。

　　我把纸条捏在手里，装腔作势地用碳素笔污掉几个字，重新写上，对折平整，然后用手指戳了戳莫小璐的后背。

莫小璐每次都是一种极度哀怨的眼神回看我一眼，就不理我了。我不想因为帮石一鸣传纸条而导致她讨厌我，但我也不想因此失去石一鸣这个好兄弟，只好再次硬着头皮，戳了戳莫小璐的后背。

这一回莫小璐懒洋洋地转过头来，瞅了我一眼，接过纸条便接着做习题去了。石一鸣在后面隐隐约约地催促着问，嘿，兄弟，她回纸条了没有？我说没有，没有，你不看着呢吗？他说，谁知道你小子会不会藏起来！

每每听到石一鸣说这样的话，我心里总会升腾起一缕愧疚的青烟。因为，很多时候我帮他更改的纸条上并没有错别字，只是单纯地想要拖延时间。这样，同等时间的情况下，我就可以少给莫小璐传几次纸条，那么，她因此事牵恨于我的几率也会大大降低。

更或者，我是想要莫小璐知道，这张纸条的功劳，也有我一份。

温而暖的受伤

凉风徐徐的马路上，我坐在石一鸣的自行车后座上，听他迎风大叫，哈哈，兄弟，莫小璐答应周末和我一起看电影了。

我不作声，他以为我没听到，重复了好几遍。我暗自有些莫名的懊恼，不知为何。

石一鸣把自行车摆放妥当后，呼哧呼哧地上前追我，咬牙切齿地说，你小子今天是不是吃错药了？走那么快想干什么？搞独立啊？我在后面叫你半天你没听到吗？

一连串的问题让我有些窘迫，正在这时，莫小璐从后面轻拍了我的肩膀。嘿，李兴海，周末一起看电影好吗？石一鸣瞪大了眼睛看着我，我恍然有些不知所措。

莫小璐一面晃悠着手中的那串钥匙，一面小跑着强调，说定了啊，到

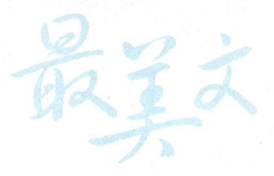

时候你和石一鸣一起过来。暖光中,莫小璐的微笑与头发一起随风飞舞,夹杂着钥匙碰撞的金属声,渐渐在绿荫小道中消逝。那旖旎柔和的画面,像一朵素雅的马蹄莲一样在我心间哗啦啦地绽落。

石一鸣把住我的肩膀一本正经地问,你小子老实说,你和莫小璐之间是不是有什么不可告人的秘密?要不,她怎么主动约你看电影?你说,你对得起哥不?

我摆脱开他的掌控,慌张地奔进教室。他在我身后一路狂追,嚷嚷地骂我是锄头小分队的队长,挖了他的墙角。

教室里,莫小璐安静地坐在那儿,午后的阳光如柳条一般细细斜斜地遮盖了她一身。她站在窗边,冲着刚进来的我莞尔一笑,顿时,我不由自主地停住了脚步。

石一鸣从后面飞奔而来,抬起手掌,朝着我的后背便是奋力一推。若是往日,我一定会大步向前,跨上讲台,以缓解这个冲力。可今日,不知怎的,我却双脚生根,死死地僵在原地了。"砰"地一声,我的脸撞在了讲台上,莫小璐惊叫起来。

鲜红的鼻血顺着我的嘴唇和胡茬缓缓而下,暖洋洋的,像流动的温泉。石一鸣傻了眼,一个劲跟我说对不起。莫小璐打开书桌,将一包洁白的纸币攒在手里,小心翼翼地拿出一沓,慢慢地递交给我。

我多希望,我的鼻血就这么细细地,无伤大雅地流下去,那么,莫小璐便会一直一直地帮我递这卷包香洁净的纸巾。可惜,不到片刻,我的鼻血便渐然凝结成块,碎碎地断裂贴服在脸上。

莫小璐说,你这样可不行,得去弄点冷水在鼻子上,这样才能彻底止住。石一鸣搀扶着我,将白衬衫上的血迹在宿舍里清洗干净。接着在我的鼻子上抹了冷水,我随便换了件同学的衣服。

那个午后,我舍不得将鼻孔里那点唯一的纸巾扯出来,就这么傻傻地任凭它堵在那儿。一言不发地坐在莫小璐后面,用嘴巴重重地呼吸。

偶尔老师会问，李兴海，你怎么了？干嘛用纸塞住鼻孔？这时，莫小璐就会以班长的身份大声地回答，老师，他流鼻血了。完毕，回过头来，嘿嘿地冲着我笑。

我坐在后面，呼吸更加沉重了。

三个人的电影

周末的电影院里，石一鸣忧伤沉默地举着爆米花一口一口地吃。我似乎隐隐约约地觉察到，我与莫小璐的微妙摩擦，给他带来了莫大的伤害。

黑暗中，我佯装起身上厕所，在回来之时将石一鸣赶到莫小璐旁边。这样，他与莫小璐便可相贴而坐，不到片刻，两人聊得前仰后合。

我不知是石一鸣故意要冷落我，还是他不得不腾出更多的时间陪莫小璐一起上学放学，反正，后来我与他再没一起走过。他那辆拥有宽敞后座的自行车，也常常会空空如也地擦过我的身体飞驰而去。

我想，我与石一鸣的友谊只能这样在时光中逐渐淡然而去了。至于莫小璐，我又有什么理由去接近？就当，我从来没有插入过他们彼此吧。

石一鸣的纸条依旧传得勤快，只是，再不通过我这儿。即便，莫小璐就在我的前面，他也宁可递给另外一组的同学，绕上大半圈。每每看到一团用作业本揉成的纸条掉落在莫小璐的课桌上，我的心就会幽幽地疼。曾几何时，那些纸条都是由我传递过去的，如今，却是换了新人。

毕业前夕，有人说，看见石一鸣和莫小璐牵手了。我坐在夏日的窗中，冥冥有种流泪的冲动。我想，我是喜欢莫小璐的，可我更在乎那段与石一鸣保持了三年的友谊。直到看见他骑着后座空空如也的自行车从我身旁一晃而过时，我都仍还坚信，能与他保持天荒地老的友谊。

只是，他不曾看见我，或者，正在赌气。

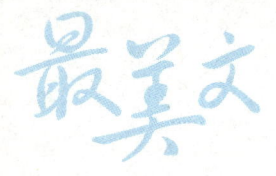

一朵花的花期

毕业晚会上,我鼓足勇气,唱了一首周华健的《朋友》,点名送给石一鸣。他在台下,悠然地吐着烟圈。有些晶亮的东西在他的眼角浮动,唱着唱着,我有些哽咽,那么多熟悉的面孔,将要告别。

石一鸣从人群中走出来,上前抱着我的肩膀说,依旧是朋友。这句平白无奇的话,竟让我瞬间大哭起来。莫小璐就站在不远处,怔怔地看着我们。直到最后别离,我都没有和莫小璐打声招呼,更没有告诉过任何人,我是那么那么的喜欢她。

石一鸣落榜,莫小璐北上,我南下。就这样,天远地别的距离,终于将我们的曾经撕扯得面目全非。就像那个午后莫小璐为我小心翼翼,温柔细致地递给我那包纸巾一样,让人忆中生寒。

网上联系旧友,无意中听闻石一鸣和莫小璐分手的消息,惋惜中又有些不甘。深夜不眠,恍惚地想,倘若当初,我不给石一鸣那一个千载难逢的机会,不去故意冷落莫小璐,那么,我会不会与她有一段刻骨铭心的恋情,并保持至今?

没过多久,我恋爱了,女友迎风飘逸的发,哗啦啦甩钥匙的姿态像极了莫小璐。我暗自思索,倘若有生之年,我能再碰到莫小璐,那么,不管她身旁是谁,即便是石一鸣,我也一定会上前抓住她的双手,轻轻地告诉她,呵,我曾是多么多么喜欢你啊!

这样的机会,我等了足足一年。后来,临近毕业,我将女友带回家中。在市中心的一家商场里,我恍惚看到了莫小璐的影子。她穿着内白外黑的花边工作服,妖娆地站在柜台里推销化妆品,脸上,涂满了紫粉与淡绿的眼影。

我怔怔地站在电梯口,遥望着一脸堆笑的莫小璐,我多想上前去,轻轻地告诉她那个压抑在我心中多时的秘密。可是,终究没有勇气挣脱女友的双手。

穿过人群的时候,我重重地呼出一口气,像被纸巾塞住鼻孔一般。回头再望那个真实的莫小璐时,竟恍然没了想象中的怦然心动。

原来,暗恋就像一朵最为幽僻的马蹄莲,虽生于无人知晓的角落,但一样有着不可更改的花期。它再柔暖的绽放与再无意的凋零,都仅仅只能是一朵花开的时间。

(原载《语文周报》2014年第15期)

青春,不过就是一朵花开的时间。我们喜欢一个女孩子,恰巧最好的兄弟也喜欢,然后我们就错过了。可是后来发现,我们只是喜欢当初的她而已……

第六辑

我最亲爱的"敌人"

　　看着手中的卡片，仅是短短的几句话，却让我泪湿衣襟。于是，我打开邮箱，只写了"哥哥"这两个字便按了发送。因为我已经记不清有多久没叫过他哥哥了，而这，应该是他此刻最想听到的话。那么就送给你，我最亲爱的"敌人"。

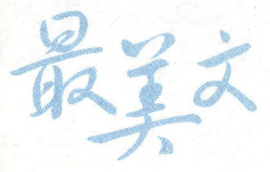

一棵开花的树

文 / 马朝兰

你会不会突然地出现,在街角的咖啡店。我会带着笑容,和你寒暄,不去说从前,只是寒暄对你说一句,只是说一句,好久不见……

——陈奕迅《好久不见》

少女的心事

十五岁那年,我恰入高一,年少个性,如风般张扬。

我不愿和那些清纯的傻姑娘一样,整日洁白裙裾,也不知道背地浪费了多少洗衣粉,搞坏了几个洗衣机;时时长发飘扬,也不知道暗中折磨自己洗了多少次头,在大热天往脖子里扑了多少痱子粉。

我喜欢剪最短的头发,穿最流行的古惑服和宽大的牛仔裤。熟知的朋友,没有谁会把姑娘,女孩儿这两个娇柔的词用到我身上。可幸的是,随时光发育的迹象一点都没有降临到我身上,一马平川的胸脯和矫健的身手让我对"假小子"这个称谓受之无愧。

没过多久,实习老师入校学习。由于我们学校是重点实验中学,刹时从天南地北涌来了近三十名即将毕业的大学生。

陈可安便是其中之一。

当全班傻女生在课后的走廊上惊呼"帅哥"时，我正和一帮哥们商议，如何整治新来的实习老师。无意中，顺着她们手指的方向看去，一个清瘦高个的大男孩顿时在我眼中闪现。

说实话，他不算帅，额头与发际的距离相隔稍远，完全有中年秃头的可能。可他挺拔宽阔的后背，却有一股傲人的气质。

自习课上，班主任带领实习老师到我们教室时，我正在翻阅从隔壁傻女生那儿抢来的一本书：席慕容的《一棵开花的树》。

女生无不惊呼，像是中了头奖，惟独我默然不语。旁边一个说话细语细气的傻女生用手肘拐了拐我道，你为何不鼓掌？你不喜欢他吗？

我抬头瞅了一眼，发现是那个午后的大男孩，便继续埋头翻阅，没有理会她所说的话。这像是一种蔑视，这蔑视里针对的，有刚才问话的她，也有初入此门的他。

他站在明亮的讲台后，高耸的鼻梁像是一种有穿透性的鄙视。他说，我叫陈可安。嘿，我笑笑，一个极其俗气的名字。一听这个名字，就让我不自由地联想到那些电视剧里的中年男子，没有一点生气。

之后，他悠长诙谐的言语，倒着实吸引了我。至少，我手中翻阅书中的速度已逐渐缓慢，直至停止。我没有抬头，将自己继续深藏在广袤而庞大的秘密之中。

陈可安就这么轻而易举地赢走了全班同学的芳心，没有一个人为难他，包括我的那些哥们。

放学后，我一个劲儿咒骂他们是叛徒。他们嬉笑着抚弄我的脑袋，把我头发摩挲得咝咝作响，尔后拍着胸脯，在灯火通明的马路上高声说，下次一定弄死他！让他下不了台！

我摆摆手道，别，别，也没必要那样，给他一个下马威就行了。我能感觉到我的顾虑和焦急，我甚至在那一瞬间有点惧怕，要是真让他束手无策，不得不一走了之，那该怎么办？

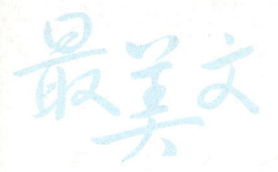

他们都笑了，一片嘘声。我板着脸，把厚重的背包一卸而下，捏于手中左右甩开，把他们吓得惊慌四窜。

尽管我极力掩饰，可我还是知道，心中曾有片刻欢喜。至于为何，那就不得而知了，少女的心事，谁说得清楚呢？

莫名的仇怨

陈可安的第一节公开课，是在我们相识的三日之后。学校领导和他的指导老师齐齐地坐在教室后面，我看出他的紧张。细密的汗珠在他宽阔的额头上一一渗出，像块被捏挤过的橘子皮。

我把头仰得老高，像是挑衅。周旁的那些哥们，则不顾一切地低头大睡，时不时发出一阵鼾声。前排同学的嘲笑如浪尖一般刺穿了陈可安的声线。

他清了清嗓子，待笑声平息后又继续讲课。我记得异常清楚，那节课，这样的情节，整整出现了五次。

结果很简单，他的指导老师认为他全然没有调和好自己与学生之间的关系，导致学生对他的课没有半点兴趣。于是责令他重新准备充分，半月后再上一次公开课。

陈可安为此忧伤了好几天，就连他骨子里具备的幽默分子，都仿佛被这次事件的烈火燃烧殆尽了。

当有傻女生反复问及是不是上课的原因时，他才说，那堂课可能决定着他一生的命运。上课的内容，效果，等等，都可能会被载入档案，成为毕业后衡量他是否能做一名合格教师的指标。

我没有想到，一堂课竟会有那么严重。

恍然，我的内心被一泓愧疚的秋水淹没了，整个清晨，都处于一种澎湃的歉意之中。我很想告诉他，这次事件是我安排的。可又害怕他会迁怒，甚至会记恨于我，于是，就将此保留在了心中。

晚上自习后，我在人来车往的马路上对我的哥们说，我已经不恨陈可安了，你们可以放过他了。下次上公开课的时候，给他点面子，不要把他逼上绝路。

他们笑笑，说一切听我安排。

半夜，枕于床头，久久难眠。我实在想不明白，一向无所畏惧的自己，为何会害怕一个人的仇恨呢？恨就恨呀，有什么大不了？再者，他终是要走的，恨又能恨多长时间呢？还有，他上不上好课，关我什么事？我为何要怂恿我的哥们去配合他呢？

晨曦遍撒我仍旧毫无少女发育迹象的身体，我没有想出结果。

无悔的抉择

陈可安欲问每一个通校女生的电话，他说，他的手机24小时开机，随时恭候我们，为我们服务。而他，也必须保证我们的安全。

他挨个问去，你是通校生吗？你家在哪儿？晚自习后大概多长时间能到家？你家的电话多少？

我生平第一次做了一个无比愚蠢的决定。当陈可安走到我身旁，俯头问我这些问题时，我竟然把我一切真实的信息都告诉了他。要知道，就连学籍档案上的地址电话，我填的都是假的！

天知道，我那天吃错了什么药！

陈可安说，你们所说的到家的时间我已经记了下来，你们每天晚上自习后一定要按时到家哦，我会打电话去问的。

去你的！你是帮班主任问还差不多吧。全班二十一个通校女生，你挨个打电话，就算每个七十秒，也得将近半小时吧？

晚上，我照旧和我的哥们吃夜宵，喝饮料，最后回家。刚开门，母亲就劈头盖脸地问了过来，你去哪儿了？你自己说！

我去上学啊！我说。

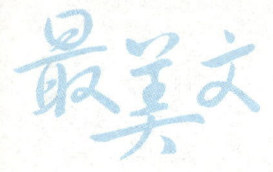

上学？半小时以前你们老师就打过电话，说你们下课已经十五分钟了。

我顿时无语，真悔恨当初把电话给那个傻子。而那个傻子也真算是傻到家了，还真挨个打电话询问。

刚被批斗完，电话就响了，我怒气冲冲地问，谁啊？这么晚了，还让不让人睡觉了！

是我，是我，你安全到家了是吧？我是你的实习老师陈可安啊。

我的心忽然像被刺了一下，虚弱地道，是的，呵呵。

那你赶紧睡吧，明天早上还得上课呢。说完，陈可安挂了电话。

躺在床上，我忽然觉察到自己的内心有一种难以言明的情绪在涌动，在逐步让自己感到温暖。原来，被人记挂的感觉，真好。

接下来的那些天，我几乎是以最快的速度到家的，然后静坐在电话旁，假装看书。每次都捧着那本抢来的《一棵开花的树》，等陈可安的电话到来。

他们说，我变了，搞独立，成叛徒了。我笑道，没有，只是我母亲知道了确切的放学时间，看管比较严格罢了。实质他们哪里知道，我之所以这么着急回去，无非是因为那一个挨一个打给二十一位女生的电话。

我只是想告诉他，我已安全到家，勿须挂念。然后，在他所说的晚安中，轻柔地放下电话，沉沉睡去。

陈可安要走的那段时日，大肆地对我们说他所居住的城市，还有其间的趣事。我低头安静地聆听着，依然捧着《一棵开花的树》。

他走之后，我才恍然清醒，在没有半点声响的电话旁，哭了整整一夜。

我决定，两年半后，考去陈可安所追忆的城市，去看看是否真如他所说的那般有趣。

十八岁的时候，我在陈可安的城市生活了整整一年。身体已如春花一般灼灼美丽，那些该凹该凸的地方，仿佛是在一夜间生长完毕。我第一次穿上连衣裙，养了披肩长发，在一片惊羡的目光中照了三张照片。

我把它们与一封绵长的信件邮给了陈可安。此时的我已然知道，那时萌动，此时成熟的情愫，叫爱情。

半月后，收到他的回件，信中回予我的照片，另附短短几字：你只是个傻孩子。

看着照片上的自己，我忽然泪流满面起来，也意识到，自己一直温存的这份情感，原来仅是一场独自的凋零。偶然想起《一棵开花的树》："如何让你遇见我／在我最美丽的时刻……而当你终于无视地走过／在你身后落了一地的／朋友啊／那不是花瓣／那是我凋零的心。"

我知道，我与那棵树一般，无可避免地经受了时光的变迁。虽明知很多事会无疾而终，却仍旧对自己年少的抉择毫不悔憾。

（原载《语文周报》2015年第2期）

喜欢是件很奇妙的事情，我们可以为了一个人，改掉脾气改掉打扮，甚至为了一个人离开一座城市。感谢十八岁里的那场暗恋吧，它让我们瞬间成长！

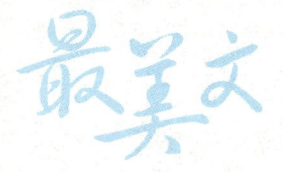

自卑也美丽

文 / 柏俊龙

  一生至少该有一次，为了某个人而忘了自己。不求有结果，不求同行，不求曾经拥有，甚至不求你爱我。只求在我最美的年华里，碰到你。

——席慕蓉

  直至我的花季缓缓来临，我都不曾有过身着百褶裙的历史。那样的飘逸与典雅之下，所需的，不仅仅是勇气，更是一份少女如花的美丽。

  我不庸俗，但也绝对不美丽。当身旁的同龄女孩儿陆续接到男生的彩色纸条或是邀请时，我仍独处高楼不胜寒。有朋友安慰我说，是你太过于孤傲，以至于同学都不敢靠近。其实，我知道，是自己一直没有勇气去更改这样的现实。

  譬如，当一群欢笑如莺的女生在夏日的阳光中，身着或白或粉的连衣裙齐齐奔向操场时，我不知该不该用自己深灰皱褶的牛仔裤加入她们的行列；譬如，当几位拥有瓜子俏脸的女生，不失风雅地在男生面前炫耀减肥的小技巧时，我该不该用自己圆圆的盘子脸加入她们探讨的队伍；再譬如，当一大群男生打赌猜测，班上女生谁的体重最吓人之时，我该不该用自己肥壮的大腿去为第一名的惨烈成绩申冤？

  我没有那样的勇气和美丽，即便我曾暗自努力，看许多的时尚杂志，搜集一些魔鬼减肥的小方案，站在橱窗前对一条浅蓝的百褶裙发呆，也无法改变一个十六岁少女的自卑心灵。

有那么一段时间，我受到了母亲的鼓舞，她兴许是发现了什么，兴冲冲地说，宝贝，你是天下最漂亮的女儿。我即便没有信以为真，但多多少少还是有了些底气。

于是，我悄悄地告诉自己，只要有一个男生，对，就一个男生，哪怕他和我一样丑一样自卑，但只要他给我写了彩色纸条或约我喝了瓶可乐。那么，我就一定会想方设法为这份暗无声息的初恋，穿上那条浅蓝花边的百褶裙。

但事实上，足足一年过后，花季飞逝，雨季接踵而来，我都不曾接到过任何形式的暗示或者邀请。我的内心，真像这个少女的季节一般，洒满了无边无际的冰凉小雨。

同年，我申请了贫困助学，在一片讶异的眼光中收下了学校给予的补助。课后，同桌的女生问，你真是单亲家庭的孩子吗？我一直不知道啊！

那夜，我靠在窗前，看着父亲的画像，流了无数泪水。后来累了，倒在一片月光中沉沉睡去。梦中，我发现自己恍然变得漂亮了，热情了，受人尊重了。

醒来后，我心血来潮，觉得该去为自己的青春争取点什么东西。于是，我用我一生最擅长的事儿——写作，给一位高年级的男生写了张彩色纸条。

我把自己要说的话，在脑海中整理千万遍，但将纸条翻来覆去地攥在手里几个礼拜，还是没能安全地递交他的手里。

那是一个如风般张扬而又自由的男生，留一头飘逸的发，时常在烈日下打篮球。每每他独自一人在操场上练球时，我就会自告奋勇地替旁人打扫卫生。因为，操场那一块是我们班的清洁区，这样一来，我就可以借故扫地，明目张胆地看他打球了。

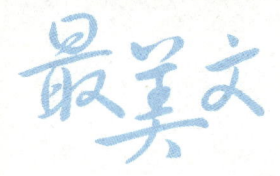

半年过后,班上的同学几乎都被我顶替过。他们开始赞美我的热情,与我融洽相处,我觉得,这一切的功劳都得归功于那个不知名的高年级男生。于是,我鼓足勇气,又写了一张彩色纸条,拿着扫帚,傻傻地站在操场上等他。

那是一张特殊的邀请函,地点是在学校外面的可乐店,为攒够那两杯可乐的钱,我特意一个星期没吃早餐。

那个周末的午后,我坐在阴凉的可乐店门口,极慢极慢地吸完了两瓶可乐。我多希望,在这段接近荒芜的时间里,他会猛地出现在我面前。可惜,一切都只不过是幻想,从始至终,他都没有来过。

我固执地告诉自己,他一定是忘了这场重要的约会,或许,或许是他的母亲太过于严厉,督促他在周末的时候苦习钢琴。反正,我找足了一切冠冕堂皇的借口来为他推脱。

后来,我几日不曾见到他。偶然,在教学楼的楼顶上,竟然发现他在不远处打球,只不过,换了操场。

站在层云变幻的楼顶上,我的坚强与乐观,再也阻挡不住十八岁的泪水。呼啸的风从四面八方涌动而来,将我吹醒。

没有了一切可以依托的希望,我只能全身心投入学习。我把积攒起来准备买百褶裙的零花钱取出,背回了满满一大包习题,开始没日没夜地背古文,做练习。

最后一次去那个操场,是为了看用大红毛笔写的光荣榜。我的名字,像一盏绚烂的灯,高高地挂在名单中央。许多在旁的不认识的校友都会念叨,嘿,你看你看,那是谁呢?超了重点那么多分。

呵,我暗自苦笑,多想自豪地告诉他们,那是我,那便是丑陋而又自卑的我。可惜,我没有那样做,因为害怕他们看到深藏在我眼角里的泪水。

同班同学纷纷道贺,几乎一个不落,最后,我们凑钱去了一家KTV,

欢唱了整整一下午。他们开始点数我的优点，说我乐于助人，大方，宽容，就是没有任何一人说我美丽。

回家后，我将那堆琳琅满目的盒子逐一打开。恍然，在一个别致的袋子里，发现了一条白色的百褶裙。洁白的花边，洁白的线，白得像一场让人恍惚到记不清楚的梦。

我对着偌大的镜子穿上它，刚决定出门狂奔一圈时，眼泪便簌簌地掉了下来。

十八岁的我，在熙攘的人流中，蓦然回首那个烟云消散的雨季，终于庆幸自己在无意间打赢了一场自卑的战役。我知道，我不再自卑，因为不再自卑，不但坚强，并且美丽。

（原载《语文报》2015年第28期）

十八岁的时候，习惯性地为了别人去做事情，大方、乐于助人，哪怕是被拒绝后的拼命学习。统统的一切，最后的结果却是成就了自己。感谢那场无疾而终的暗恋吧！

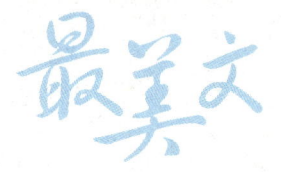

青花瓷的密语

文 / 杨宝妹

我还是宁愿相信,她的往事,只是为我而曾经透明过。而我,会把这一切放在逐渐的遗忘中。

——安妮宝贝

为遇见你伏笔

骆小萱举手报女子长跑五千米的时候,全班男生一片哗然。我用钢笔使劲戳她的后腰,警示她不要自寻死路。殊不料,她却愤愤然义正言辞地说,不到终点死不休。

班主任虽然大跌眼镜,但也无可奈何。要知道,骆小萱可是他的忠实臂膀,如果不幸出个三长两短,估计他比她亲生父母还要伤心。有人私下里八卦说,骆小萱参加比赛帮他挣来的奖金,早已超越五位数。可惜的是,几分钟前,他恰好说过,每个人都要发扬马拉松式的体育精神,坚持不懈,勇往直前。因此,也只能任由着那野丫头一条路走到黑了。

事实上已经证明,骆小萱体内的脂肪远远不够撑完五千米。尽管她有强大的信念,众人的欢呼,最终还是于事无补。

骆小萱地晕倒,让整个赛场扬起了轩然大波。尤其是平日里与她斗得最凶的我,竟然第一个冲进了跑道。接下来的事情顺理成章,身为班里体育委员的我，毫不犹豫地背起了瘦弱的骆小萱，吭哧吭哧地朝医务室飞奔。

我承认，这次我跑得比之前任何一次都要快，生怕自己的偶然懈怠便会给骆小萱造成不必要的伤害。遗憾的是，醒来之后的骆小萱，不但丝毫不懂得知恩图报，还恶狠狠地跟众人说，是我把她害成了这个样子。

骆小萱啊骆小萱，谁让你喜欢争强好胜？我也只是随口说了句女子不如男，你又何必想不开呢？当然，这些话我并没有对一脸惨白的骆小萱说。小肚鸡肠的她如果一口气上不来，或者半死不活，我不成千古罪人了？

三日后，在骆小萱的屡次威胁下，我成了她的免费佣人，帮她打水买饭，分发作业，清理垃圾。最头疼的是，经过几日的近距离折腾，竟让她发现她与我同住一个小区！天啊，难道我大好的青春时光就要在这样的忍辱偷生中匆匆凋零？

没人能看出，对于这样的奴役，我有多么欢喜和兴奋。深夜，我在淡蓝色的日记本里悄悄写道：难道这是上天为你我埋下的伏笔么？

天青色等烟雨

骆小萱说，经过那一次万里长跑之后，她已经患上了严重的肌肉萎缩症，腿脚使不出半点气力。我说，奇怪了，每次你用指甲掐我的时候，怎会力大如牛？她用力拍着我的脑袋奚落，我说的是腿脚，腿脚！你知道什么叫腿脚吗？蠢货，骑快点儿！

我虽然知道骆小萱说的是谎话，可还是心甘情愿地用自行车载着她奔来飞去。对于我来说，最累的事情，并不是蹬上那个45度的大坡。而是不得不每时每刻都故作不悦，好让她无法窥破在我心间欢流成河的甜蜜。

骆小萱说，这一辈子都不能跟我冰释前嫌。我说，好啊，好啊。她没有达到气我的目的，只好狠狠地在我的脊背上捏一把。其实，在好啊好啊后面，还有一句我不敢问出的话。当酥软的风扑过面颊，我多想问她，骆小萱，既然你我不能冰释前嫌，那是否可以做一生的冤家？

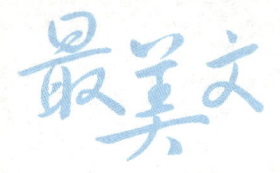

如果说，无法冰释前嫌的含义是指我与她永世不可割离的话，那么，我愿意。即使前面还有十个大坡，而后背逐日伤痕累累，我也乐意就这么载着蛮横任性的骆小萱，慢慢走，直至天边的尽头。

骆小萱骑车赶上我的时候，天空已经布满阴云。她一面冷若冰霜地嘲讽我慢如蜗牛，一面带领着我朝饭店的方向奔去。

倾盆大雨恍然而至。骆小萱拍拍我的肩膀说，多亏我救了你一命啊！看看，要不是我领着你的话，以你那蜗牛的速度和256兆的大脑内存，早就被淋成落汤鸡啦！

我笑笑，心里倏然有些莫名的哀伤。聪明绝顶的骆小萱怎么也想不到，我之所以骑得那么慢，完全是为了等她。

在我的背包里，不仅有两件崭新的雨衣，还有一把温暖的双人伞。

隔江千万里

骆小萱和另外一个男生的走近，的确是我始料未及。当她豪迈地跟我说，决定放我一马，并让我追求自由的时候，我竟愕然失语。这一次，我没有将我的戏码演好，兴许，我该手舞足蹈地问，真的吗？真的吗？谢天谢地，我终于获得自由了；兴许，我该好好地给她写一封感谢信，以示我对她宽宏大量的感激。

只是，我真不能做到那么坦然，但骆小萱丝毫没有在意到我的反常。对于她来说，我仅仅只是她一个节省气力的工具。我多想骂啊，愚蠢的骆小萱，你脑袋里的内存是不是被人消减到只有128兆？否则，你怎会看不出，我喜欢你。

没过多久，轰轰烈烈的题海战术便在整个年级疯狂开展。虽然，我伸手便能碰到骆小萱的后背，但这段狭窄的距离，却时常让我感觉如咫尺天涯那么遥远。骆小萱变得越来越漂亮了。她不再大声嚷嚷着说话，也不再蓬松着头发，更重要的是，不会再任性至极地让我用自行车驮着她四处飞奔了。

我与她的旧日时光，瞬间被拉扯得模糊异常，我们无缘无故地不再说话。偶然她的钢笔从课桌上落下，她宁肯艰难地弯下身去，狼狈地钻上钻下，也不愿开口叫我帮她一把。

莫名的亲切，与莫名的冷漠一般，时常在少年少女的心间上演，这是属于他们的专利。我知道，我都知道，可是，我真正悲伤的是，连起初她对我的蛮横，都在此刻转交给了别人。

她和那男孩儿终于一同来去。我认识那男孩，他不但身世显赫，而且学习也是一等一，名列前茅的骆小萱是该与这样的人恋爱。他们不但有着共同的话题，还能从恋爱中获取进步，这不正是两全其美吗？而不论相貌还是成绩都平庸无华的我，唯一能做的，想必就是祝福他们。

我换了回家的路，每日将城市绕了大半。只有这样，我才能躲开骆小萱，才能躲开那些在心底一夜荒凉的马路，才能不再睹物思人，时时自扰。

骆小萱，不知你有没有看到，横隔在你我之间的万里江面？

自顾自美丽

为了不在抬头间撞见骆小萱的背影，我逼迫自己，将所有精力和时间都消耗在题海里。因为只有这样昏天暗地的演练，才能让我摆脱心里的挣扎。我骨子里是不大喜欢学习的，但现在，这些枯燥的本子，却成了我最后的慰藉。

填写志愿的那天，成了我和骆小萱的诀别。我们各自没有说话，亦不像其他人一般热情寒暄。我想，我是该和骆小萱说点什么的，即便谈不到重点，无法越过两人之间的万里江面，但说句话总是好的。至少，在后来的时光里，我们可以有一段最为完整的记忆。

只可惜，我始终没能放下少年脆弱的自尊，而天性好强的她，几次欲言，却恰巧碰上了我故作漠然的脸。我们就这样僵持到了最后，直至挥

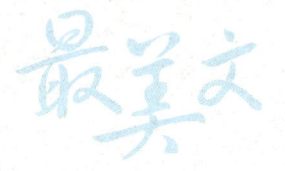

手，在路口处各奔东西，也不曾叫出对方的名字。

酥软的风从路口处奔来，我将自行车踏板踩得飞快。可这有什么用呢？它跑得再快，也追不上我与骆小萱的旧日时光。忧伤如同一面无边银镜，将我照得不知路向何方。

时光总是会过去，骆小萱与我最终奔向了不同的城市。我坐在轰隆隆的列车上，独自遐想，这条铁轨，也曾把骆小萱载向了远方。只是，当她坐进这温暖的车厢，可曾会想起，有一个少年，也曾给过她这样的温暖与安详。

一月后，我收到了骆小萱的来信。没想到，自认已经淡忘往事的自己，还是会因这样一封朴质的信件泪流满面。原来，骆小萱真正暗恋的人是我，而她，也早就知道我曾那么那么的喜欢过她。

只是，她不想这份纯真的情感，会成为葬送我一生命运的原因，才会找来那样一个优秀的男孩，上演这么一出完美的戏剧⋯⋯

银镜中，我的下巴上不知何时已渗满了细密的胡茬。我忽然惊觉，自己早已在这段心酸的成长中变幻了模样。街上，不知哪间窗户又传出了《青花瓷》的旋律：天青色等烟雨，而我在等你，岁月袅袅升起，隔江千万里，如传世的青花瓷自顾自美丽，你眼带笑意。

百折千回的青春啊，尽管它如此漫长，可我们还是竭尽全力地掩藏住了心底那团貌似青花的秘密。让它有足够的力量，朝着人生的路口，不懈疯长⋯⋯

（原载《初中生学习》（阅读）2012年第4期）

爱的本质就是付出，哪怕有多渴望在一起，也要忍耐并假装毫不在意。原来，伪装自己，是我爱你的最好方式。

我最亲爱的"敌人"

文 / 林轩

念昔别时小,未知疏与亲;今来始离恨,拭泪方殷勤。

——王维

他总是那么讨厌

我知道,每次只要他微微皱一皱眉头,我的快乐时光就会面临终止。

比如此刻,我和老爸老妈晚饭后正津津有味地看着电视,从房间出来倒水的他看到我们一脸陶醉的样子,很不屑地撇了撇嘴。然后在他进入房间之前,我看到了他那皱紧的眉头,心里顿时"哐啷"一声,大喊不妙。

果然,不出我所料,五分钟后,他讨厌的声音从房间里传来:"这么吵还让不让人学习了?"我哭丧着脸看向老妈,老妈却忙不迭地一边关掉了电视,一边小声地将我赶进了房间。

一件正在兴头上的事情被人生生打断,我不知道他是什么感受,反正我是气不打一处来。于是故意在房间里将书本摔得山响,叮叮当当消停不得,惹得老妈三番五次进来向我提出警告。

高三就了不起吗?我翻着白眼对老妈的背影撇了撇嘴。他分明就是拿高三当幌子,刻意在家里摆谱。以前不是高三的时候他不也这么讨厌吗?比如小的时候每次都在我跟小伙伴们玩得正嗨的时候硬生生把我拎回了

家，美其名曰怕我跑得太快摔着；假期里不允许我参加夏令营，不允许我单独跟同学出去郊游，理由都是怕不安全，怕我被欺负。

最让人生气的是，老爸老妈还偏信他这套，于是在我抗议着我已经十五岁了，有独立自主能力的时候，他眼睛一瞪："就是因为这样才不让你出去，别以为你收到的那封情书我没看到！"

他在我心里，整个就是一撒旦魔王的存在，所以，现在我最希望的便是，高考可不可以快点到来，这样他就可以远赴他乡啦。

在你们心里他永远比我重要

虽然早有准备，但期中考试成绩发下来后，我还是瞬间感觉眼前一黑。脑海里立马浮现老爸老妈铁青的脸庞以及他那冷冰冰的充满不屑的表情，然后开始严重地怀疑基因遗传定律的可靠性。

那天，我刚踏进家门的时候，毫无任何悬念地看到了三张墨黑色的脸。我舔了舔嘴唇，又咽了口唾沫，正想提起左腿准备以迅雷不及掩耳之势逃进房间时，却冷不丁被他一把拖到了桌子前。

"罗晓晴，你想跑？"说着他将手伸到我面前："成绩单呢？拿来。"

我对着他做了个凶狠的表情，然后哆嗦着双手将成绩单递了过去。接着，我看到老爸老妈的脸色由黑转白，最后变成了青色。于是，我在三双冰冷眼神的注视下，度过了这辈子最漫长的三分钟。

就是在这三分钟里，老爸老妈说要停了我每周一次的舞蹈课，原因是我已经初三了，学习不用心与舞蹈课有很大的关联，不能因为兴趣班而影响了学习成绩，并否决了他在看到我求救眼神时提出的每天帮我补习，而暂缓停止舞蹈课的建议。原因是他已经高三了，不可以为任何事分心，却没人顾忌倒在一旁哭得撕心裂肺的我。

终于忍不住，我哭着冲老爸老妈大喊："在你们心里他永远比我重要，你们根本就只爱他，从来都没问过我的感受！"

那天我一直哭到半夜，脑袋里一遍遍回放着从小到大的一点一滴。他不小心打破了杯子换来的是一句"碎碎平安",换作我便是一顿臭骂;他周末、假期可以随意支配时间,我却只能干巴巴地待在家里;他发挥失常考得不好会受到鼓励,而我却被停掉了每周一次的舞蹈课。似乎在这个家里我就是一个多余的存在,在爸妈心里,最重要的永远是他。

世界大战的爆发

我生日那天刚好周末,照例请了几个要好的同学来家里庆祝。

一大早我便开始打扫房间,整理餐具,把水果、蛋糕、点心摆了满满一桌。只等蜡烛吹灭的那一刻,我的十五岁便圆满地结束了。

中午的时候,同学们陆陆续续地到来,他也抱着篮球回来了。正当我们几个准备切蛋糕时,他却突然像着了魔般,指着一个男生说了句:"出去。"

一瞬间,我们全愣住了,面面相觑了几秒钟后,我推了他一把:"你干什么啊?"

他皱着眉头没有任何解释,却一再坚持那个男生离开我家。我终于忍住不了,将刀子一把扔在桌子上:"他是我的朋友,凭什么要听你的,他就是不可以走。"

他将脸拉得长长的:"这也是我的家,我不欢迎这个人到来。"

看到情况不妙,同学们呼啦啦全提出了告辞,转瞬间客厅里就只剩下我和他。

"罗晓天,你发什么神经啊?"我对着他大声地咆哮着,刚才被强压下的怒火这会儿统统冒了出来。他冷冷地看了我一眼:"别以为我不知道那封情书是谁写给你的,你不但不和他保持距离,还带他来家里。"

"那和你又有什么关系?你凭什么管我?"愤怒之下,我将整个蛋糕全扔到了他的身上,并且将桌上所有的水果也一一抛到他的身上,水果滚落,铺满了整个客厅。

那天,我哭了很久很久,全然不知道第二天应该怎样面对我的朋友们。

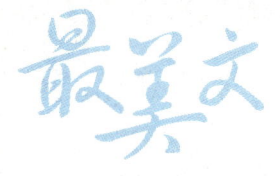

送给你，我最亲爱的敌人

有很长一段时间，我都没有再跟他说话。有好几次，他看着我的时候欲言又止，我却冷冰冰地转头就走。这样的情况一直持续到他远赴他乡读大学后。

所有的人都去给他送行的时候，我默默地坐在房间里始终没有走出一步。盼了这么久的日子终于来临了，我以为我会高兴，可是心里却突然觉得异常孤单。

一周后，他从那个遥远的海边城市寄来了一大包海产品，老妈说正好给我补一补蛋白质，弥补一下智商不足。随包裹而来的还有一张卡片，我拿起卡看，卡片上标注着写给我的妹妹罗晓晴：

我亲爱的妹妹，因为你是女孩子，从小到大，我总是担心你被别人欺负，所以总牢牢地看着你，生怕危险的人和东西靠近你，哪怕一点点我都不允许。也许是我用错了方式，导致最后你把我当作了"敌人"。其实我和老爸老妈一样都是很爱你的，所以才会对你百般"呵护"，无论是生活，还是学习。

看着手中的卡片，仅是短短的几句话，却让我泪湿衣襟。于是，我打开邮箱，只写了"哥哥"这两个字便按了发送。因为我已经记不清有多久没叫过他哥哥了，而这，应该是他此刻最想听到的话。那么就送给你，我最亲爱的"敌人"。

（原载《语文周报》2014年第36期）

每个女孩子心里除了幻想身边有一个骑白马的王子以外，恐怕还有一个能够保护自己的哥哥吧。虽然他爱你的方式有些冷漠、有些固执、有些苛刻，但却也是最疼爱你的人之一呢。

小城记忆

文 / 李亚利

  爱是火热的友情、沉静的了解、相互信任、共同享受和彼此原谅；爱是不受时间、空间、条件、环境影响的忠实；爱是人们之间取长补短和承认对方的弱点。

——安恩·拉德斯

  这是一座古老的小城，经常下雨，潮湿得像母亲的眼睛，总是盈着泪水。
  莫溪记得父亲离开的那个春天，旧墙上爬满了墨绿色的叶子，大大的似手掌，阳光聚在上面，灼伤人眼。墙角的小花离离地开放，斑斓的色彩，遮住了那些灰色的砖石。
  那个春天，莫溪家的小院弥漫着颓靡而忧伤的气息。所有的植物都在湿润的空气里疯长，旺盛而欢乐。只有父亲的脸越来越苍白，气息也越来越微弱，这张俊朗的脸似乎是在一瞬间苍老的。母亲日日忙碌着做各种他喜欢的吃食，她做得很精致。她边做边流下泪来，却总是笑盈盈地端到父亲的床前，眼里尽是温柔。
  莫溪十一岁的心开始懂得什么叫疼痛，什么叫无可奈何。
  父亲是在五月走的，空气里已经有了夏天的微热气息，门前河岸边的蔷薇开得无比灿烂。火红的颜色，倒映在河水里，被撕扯得破碎，惶惶的

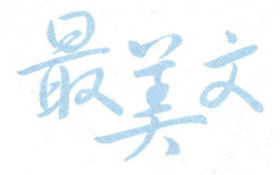

却不肯消失。

那个春天，母亲和莫溪的生命似乎一下子单薄了起来。母亲瞬间消瘦了，莫溪幼小的心，在那个漫长的春天里，盛满了酸楚。

父亲生前是镇上小学的老师，莫溪一直跟随父亲上学。过去的五年时光是趴在父亲的肩头走过的，可是那肩膀突然之间倒塌了，并且不会再立起来了，莫溪恍然得不知所措。小镇上的人们总是那么热衷于讨论别人的悲欢离合，莫老师的去世使他们变得莫名的兴奋，他们议论着，为什么那么高大英气的一个男人会突然之间就死了呢？

莫溪在听到这些言语时总是哭出声来，扑到母亲的怀里。她的哭泣是那么无助，像门前那条河里的水，寂然无声地擦过石岸的棱角，偶尔卷着枯死的叶。

莫溪倔强地不肯再去那学校了，她觉得孤单。母亲没有强求，只说过完暑假再作定论。那个暑假无比漫长，莫溪日日搬一张小凳子坐在院里，看母亲刺绣。

母亲有一双纤巧白皙的手，是小镇上出了名的绣娘。她绣出来的花似能飘香，鸟似能起落，那些五彩的线，银色的针，在她手中都像被施了魔法似的，穿针引线间便是一幅锦绣图画。

莫溪想母亲该是这世间最温婉聪慧的女子了，且又懂那么多诗词歌赋，真像是古装戏里走出来的人儿。

那些时日里，莫溪突然觉得自己长大了许多。母亲的眼睛自父亲走后就一直是湿润的，可很少有泪滴下来，她仍如往日一样，淡定地刺绣。莫溪想，这世间就只剩下自己和母亲了，应该坚强一点的。

九月终究还是来了。

那一日，母亲说，四个月了，你该想好了吧，去学校么？

莫溪温顺地点头。

母亲微笑着说，这样才是我们的莫溪嘛，生活总要一直继续下去的，阿爸只是走到很远的地方等我们去了。

重新回到学校后，校长把莫溪安排进了冲刺班里，他对母亲说，要给莫老师一个交代。

莫溪走进了那个所谓的冲刺班的教室，多是陌生而天真的面孔，表情模糊。莫溪的座位在教室最后角的靠窗位置，没有同桌，却有很充沛的阳光。

别了四个月的校园居然变得如此陌生了，莫溪这才发现，过去的那些时日里，她一直只呆在父亲身边，她的世界小的可怜。与同学交往居然是件如此艰难的事，她便只好沉默了，像个小哑巴。可是偶尔被老师点到回答问题时，她的思维却很清晰，总能回答得很好。父亲培养了她理智清晰的思维，却给了她一个孤单的世界。

流言不知是从什么时候传起的。

那一日课间操，莫溪听到旁边班上的两个女孩子在讨论她。

高个子女孩说，听说冲刺班转来了一个新同学哎。

另一个不屑于好朋友不灵通的消息，嚷道，不是转过来的啦，是休学了几个月又接着来读哦。

高个子不解地问，听说成绩蛮好的，怎么会休学啊？

另一个来劲儿了，两片薄薄的嘴唇开始上下翻飞。在这样一个破旧的小学里，普通班的孩子们会把掌握的小消息当做骄傲的资本。

她兴奋地播报着，成绩好有什么了不起啊，她爸爸以前是老师嘛，就是我们学校今年五月份去世的那个莫老师啊，不晓得得了什么怪病。听说那女孩子好早以前就有自闭症，不喜欢和别人说话，一直被莫老师带着上学的，莫老师去世以后她就休学了。校长可怜她，才把她带到学校来上学，还把她安排在冲刺班里，还不知道成绩怎么样呢。

高个子听得唏嘘不已，"自闭症"于她还是一个太陌生的词汇。

莫溪感觉有黑色巨大的鸟在头顶上盘旋,压抑的空气里全都是那细碎的声音"今年五月份去世的那个莫老师啊,不知道得了什么怪病""校长可怜她……",空气里尘埃的味道,枯草的味道,唾沫星子的味道,混在一起,呛得莫溪的眼泪落了下来,悄无声息。

十二岁的女孩子如果心里布满绝望的悲伤,该有多疼呢?

冬天来了,十二月的天,小镇冷得似冰窖,又多雨,天地更苍茫了。

小镇上的人们开始备年货了,破烂不堪的街变得热闹起来,对联,灯笼,鞭炮等物什都在小镇上亮出来了。一条狭窄的街,满眼喜庆的红,谁又看得见那些悲伤,那些只能被紧紧扣在心底的悲伤。

母亲忙起来了,许多人家赶着腊月办婚事,他们慕名来请母亲绣鸳鸯枕,喜事是推不得的。莫溪要帮着母亲做许多事,花园要修整,那些杂乱的草,枯死的藤都要清理。家里落了灰的物什要擦亮,还要扎大红灯笼,浣洗旧衣物。父亲不在,也要与母亲一起过个欢喜的年。

莫溪知道这世上没有谁可以承担她的悲伤,只有自己。就像母亲,生活要继续,多喊一声苦累都显得可怜,所以要微笑着,才不会更疼。

渐渐的,莫溪已经习惯了那些各种版本的关于她的猜测。

每天她都是带着笑脸回家的,编各种学校的趣事讲给母亲听,做完作业后会帮她做些家务。如果一直这样有什么不好呢?莫溪这样想着,便觉得许多事情只要不在乎,就可以当做没发生一样了,比如那些流言。

期末考试来临了,莫溪并不紧张,她已经准备好了。

考完那天,阳光很好,这在小镇的冬天是难得的。莫溪感觉考的还可以,而且考完就放寒假了,所以她的心情是少有的愉悦。

回到教室准备收拾书包时,发现课桌里躺着一只橙色的暖手袋,是太阳的颜色,那么安静而温暖地躺在那里,似乎泄了一桌的光芒。

莫溪有些惊愕地伸手抱起它,露出一张字条:"莫溪,我看得见你所有的悲伤，也在等你的灿烂笑脸。希望以后所有的冬天都是橙色的，这样你才不会冷。"清秀漂亮的字迹，似乎带着阳光的味道。

莫溪的泪落下来，滴到手背上，那么灼热。

站在窗外的小小少年，温柔地看着女孩微微颤动的瘦削的肩，嘴角上扬，然后闪进阳光里，消失不见。

莫溪小小的柔弱的心仿佛看到了一缕阳光，亮晃晃的，暖得叫她只想哭。原来这世界上还有人在看着她，希望她开心，原来，自己并非那么孤单。

莫溪的心突然之间对生活多了一份期待。

开学发成绩单，莫溪考了第二名，比学习委员杨勋差两分。

这又是一条新闻，杨勋是从小到大得惯了第一的优等生，然而却有一个得了自闭症的休学了四个月的女孩考得只比他差两分。冲刺班都是些骄傲的孩子，莫溪的沉默和优秀让人羡慕又嫉妒。

班主任把她从最后一排调到了第一排，与杨勋同桌。他想他们坐到一起会更有竞争意识，共同进步，今年的小考他带的班说不定就有奇迹出现了，优秀教师的奖金也必然没问题了。

小镇的春天总是带着颓靡的气息。泥土是柔软的，带着令人迷醉的芬芳，所有沉默了很久的植物都在二月里探出了脑袋，窥探或希望。只是所有的演变都是不着痕迹的，似乎是在等待某一个绝佳的时机，然后一下子鲜亮地显露出来。

莫溪心里藏着的是另一个小小的秘密，这秘密像一团火在她心里燃烧起来。她期待那个送她暖手袋的女孩子的出现，她坚定地认为那是个女孩，温柔美丽的女孩。她幻想着她走过来，拉住自己的手说，我们做好朋友吧。她甚至想好了要以怎样的微笑来回复她，并真诚地点头。

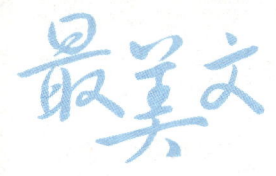

　　三月的时候小小的破旧的校园一下子亮起来了，树都绿得葱茏，残破的花坛里也开出了缤纷的花。春天似乎是公平的。

　　那天课间，莫溪感到后面有一双眼睛在看着自己，她回头，看见第三排靠窗边的一个女孩正看着自己甜甜的微笑。莫溪也报以一个友好的微笑，她的心在那一瞬间暖了起来。或许，她就是那个送自己暖手袋的善良女孩吧？莫溪有些难过地想，都同班几个月了，居然还不知道人家的名字，甚至都没注意过她。

　　果然，放学的时候，那个女孩子主动走过来跟莫溪打招呼了。她是漂亮的女孩子，束着高高的马尾，别着精致的发卡，皮肤白皙，眼睛黑亮，鼻子翘翘的，非常可爱。她穿着天蓝色的针织毛衣，浅紫色的格子裙，红色的小皮鞋，看起来真像个公主。

　　她喊住莫溪，说，莫溪，我们可以做朋友吗？

　　莫溪有些局促，这场面她幻想过无数次，可是真的发生了，她却紧张得不知所措。

　　女孩笑着介绍自己道，我叫孟梓欣哦！然后伸出了右手。

　　莫溪的心急促地跳着，她觉得有些尴尬，但还是立即伸出了自己的左手。

　　孟梓欣大方地拉着莫溪就往小操场上走。莫溪心里盛满了欢乐，第一次这样被一个女孩子牵着手，像两个亲密无间的好朋友那样走在校园里，而且是一个这样善良漂亮的女孩。

　　孟梓欣给莫溪讲她的漫画，她喜欢的精品店，她当镇长的爸爸，还有她超级爱美的妈妈。莫溪很少开口，只是认真地听着孟梓欣说话，她的心里有丝丝的酸楚和甜蜜。孟梓欣真的是个公主，有幸福的家，漂亮的容貌和衣服，而自己只是一个孤僻沉默得像哑巴的小孩，用骄傲和冷漠掩饰着心里的伤痛和自卑的小孩，一个没有爸爸的小孩……

　　莫溪想着，鼻子有些发酸，然而值得安慰的是，自己有一个善良聪慧的母亲，并且，现在还有孟梓欣这样一个公主般的女孩成了自己的好朋友。

  阳光渐渐退去温度的时候她们才分开，各自回家。

  那天晚上，莫溪有些睡不着。

  这世界有太多的意外，它们守在每个孩子成长的路上，等待某一天突然冒出来，带着悲伤或欢乐。莫溪还太小了，许多事情她都需要许多时间去相信，去接受，去明白，去消化。就像父亲的离开，就像小镇上的人们的言语，就像学校里孩子们的猜测。莫溪需要把那些疼痛慢慢咀嚼，才能沉入心底，再结厚厚的痂，不碰就不痛。孟梓欣的出现，她也需要细细地回味每个细小的瞬间。

  莫溪成了孟梓欣众多好朋友中的一员，这又是一个小小的新闻。

  冲刺班里的两个最骄傲的女孩成了好朋友，一个成绩优秀，清高寡言，且传说是有自闭症；另一个刁钻任性，当镇长的爸爸把她安排进了冲刺班，成绩也并没多大的提高。多数情况下，在狭隘的小镇学校，这样的两个女孩应该是没有交集的，甚至会为敌，这样才符合大多数人的想法。

  孟梓欣身边总是围着许多小女生，她有太多的新奇物品，各种漂亮的发卡，手链，指甲油，这在小镇孩子心中是充满诱惑力的，还有孟梓欣那张永远微笑如天使的脸。然而下课的时候孟梓欣总会主动过来拉莫溪的手，跟她说新奇的话，调侃她的同桌杨勋。莫溪有些不习惯这样，然而她心底的确是喜欢孟梓欣的。

  小考越来越近了，莫溪给自己制定了复习计划，也帮孟梓欣做了一份。她想，如果能一起考镇上的重点中学的话，该有多好啊，至少自己再也不会孤单了。她觉得孟梓欣应该也是这么想的，心里有期待真是一件美好的事情。

  那天课间，孟梓欣把莫溪喊到走廊上，交给她一个粉红色的信笺，神

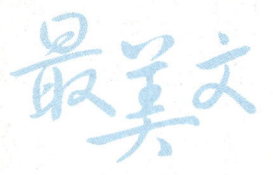

秘兮兮地说，今天是愚人节哦，这是外国人过的一个很有意思的节日，就是可以随便骗别人，别人都不会跟你生气。你帮我把这个放到杨勋的桌子里，跟他开个小玩笑吧。

莫溪赶紧推开，说，不行啊，杨勋会生气的。

孟梓欣眨着眼睛说道，不会的啦，我从小跟他一起长大的，他知道是我开的玩笑最多就责备几句，不会怎么样的，我就画了个猪头嘛。帮帮我啦，你最好啦！孟梓欣说完，抱着莫溪的脖子在她脸上狠狠地亲了一口，然后转身跑进了教室。

莫溪愣愣地站在走廊上，直到上课铃响才回过神来。

直到放下午学的时候，莫溪才慌忙地把信笺交给杨勋，然后落荒而逃。

四月的天漫长了不少，莫溪家的小院子又热闹起来了，那些绿色的植物旺盛地生长。妈妈每天都会备好精致的饭菜等她回家，都是家常的菜，但妈妈有一双巧手，所以总能勾起莫溪的食欲。自从与孟梓欣成为好朋友以后，莫溪就开朗了不少，她开始觉得这世界于她还是仁慈的。她开始充满了希望，这希望是关于未来的，闪着美丽的光。

然而，四月的天总不会晴很久。

第二天来到学校后，班主任一反常态地说，莫溪，你跟秦浩换座位吧，换好以后来我办公室。他的脸是阴沉的，像雷阵雨前的天空。

莫溪不知道为什么老师突然要自己换座位，她默默地收拾着东西，她想，也许是昨天帮孟梓欣开的玩笑过火了吧，把杨勋惹生气了。她回头看了一眼孟梓欣，她正笑着跟同桌的女孩讲着什么，似乎跟那纸条是无关的。杨勋主动帮她搬桌子搬凳子，脸上是愧疚的神色。

办公室里只有班主任一个人，看到莫溪进来就指着一张椅子喊她坐下来。莫溪没有坐，倔强地站着，班主任没再强请，开始语重心长地说道，莫溪，快要小考了，我和校长都觉得你可以考到镇上最好的中学去，你自己也应该有信心吧。

莫溪点了点头，没有言语，她不明白班主任到底想说什么。

班主任接着说，所以现在你应该集中心思学习，不要想些与学习无关的事，你还太小了，好多东西你都不懂。但你是聪明的孩子，我相信你应该听得懂我的话，你自己再好好想想吧。

可是我并不明白你在说什么，你要我怎样呢？莫溪听得一头雾水。

莫老师虽然不在了，但听你妈妈说，你一直是个懂事的孩子，所以不要让你妈妈担心，不要让莫老师失望啊。班主任的眼神是诚恳的。

莫溪的心疼了一下，两下，三下……她只觉得委屈而难过，喉咙却紧得一个字也说不出来。整个春天即将结束了，春天是悲伤的季节。春天里，父亲走了，春天，春天，春天……莫溪脑海里是父亲苍白的脸，母亲饱含泪水的眼睛，还有门前那条忧伤的河……

莫溪没有再说一句话，走出办公室时，泪终于落下来了。她仍然没有明白老师说的到底是怎么，这世界到底怎么了呢？只是，已经没有力气去想了，只想让母亲抱抱。回到教室时，所有的目光都落在了她身上，她像什么也没有发生一样，走到自己的新座位上，安静地看书。

她想，不能让别人看见自己的悲伤。

中午，莫溪没有去吃饭，孟梓欣也没有像往常一样来叫她。她一个人坐在拥挤的小教室里，这里放满了斑驳的桌椅，每张桌子上都是乱七八糟的书本，墙角的蛛网，窗台上的灰尘，一切都是那样令人难过。莫溪觉得心口压得喘不过气来了，那么沉那么沉。她多希望孟梓欣可以陪她一会儿啊，哪怕只是一小会儿，可是她没有开口，她从来没有主动要求过孟梓欣陪自己。

这时杨勋却来了，他在她旁边的位子上坐下来，愧疚地说，莫溪，对不起，我只是希望班主任能给你做一下思想工作的，没想到他会生气……

做什么思想工作啊，我到底做什么了，我有错吗？莫溪不解地问。

杨勋的脸却红了，声音更小了，昨天你给我的情书……

情书？！莫溪有些发懵。

就是你昨天放学时给我的那封信。杨勋不知该如何表达。

莫溪的心一下子凉了，仓皇地跑出教室，悲伤、委屈、绝望都涌上了心头，撕裂般的疼痛。杨勋不知所措地看着莫溪的背影。

莫溪又闻到了小镇四月的那股颓靡而忧伤的气息，一切都是潮湿而肮脏的，空气里满是不安和恐慌的因子，无孔不入。莫溪感觉自己像是在孤立无援的梦境里，四周的黑暗裹挟着未知的伤害包围过来，紧紧相逼，找不到退路。

一个人跌跌撞撞地走进学校后面一间废弃的修车厂。那些锈迹斑斑的破铜烂铁安静而温柔，莫溪坐在一个旧轮胎上终于哭出声来。她没想过孟梓欣会那样对她，她本以为自己再也不孤单了，这世界上会有一个天使般的女孩愿意做她的好朋友。

莫溪，一个陌生的声音在唤她。

莫溪抬头，却是杨勋，却又有点不像杨勋。莫溪冷冷地说，优等生，去上你的课吧。只想告诉你，那信不是我写的，是孟梓欣给我的。信不信由你。

我是杨曦，杨勋的孪生弟弟。少年温和地说。

杨曦？莫溪有些惊愕，这名字似乎和自己有着某种干系似的。

晨曦的曦。杨曦解释道。

哦，可以不打扰我么？莫溪已经没有说话的力气了。

这里是我的地盘哦，我带你看我收集的东西。杨曦并不理睬莫溪的话，拉着她的手把她带进了修理厂里间的一个大厅里，这里以前似乎是存放车子的地方。墙上都是乱七八糟的涂鸦，大片大片的，透着诡异的气息。

这里是什么地方？莫溪问道。

这里以前是我舅舅的修理厂，后来他出车祸去世了，厂子就废弃了，不过我将来会把这里修整得更漂亮。杨曦有些自豪地说。

哦。

我知道你叫莫溪，我以前还跟你同班了呢，莫老师当班主任的时候，你像个跟屁虫似的一天到晚跟在他后面，我就跟在你们后面。我觉得你好幸福哦，天天都是趴在莫老师肩膀上上学放学。杨曦并没有在意莫溪黯然的眼神，只顾自己说着。

你也可以叫你爸爸背你上学放学嘛。莫溪象征性地回了一句。

我爸爸只会背杨勋的。杨曦的神情有些落寞。

为什么呢？莫溪感到意外。

因为杨勋是听话的孩子啊，而我整天到处惹是生非。

那也要一样的爱呀，他又不是杨勋一个人的爸爸。

跟你讲，我妈妈生了我们以后就疯掉了，爸爸把她送回外婆家，重新娶了一个老婆，外婆和舅舅就说他们养我，爸爸养杨勋。可是前年舅舅就走了，我又被爸爸接回来了，不过那个女人不爱我。杨曦似乎并没有悲伤，像是在说别人的事一般。

莫溪沉默着，她不明白这陌生的少年为什么要对自己讲这些话。

莫溪，这些石头都是我收集的，将来我要在这些石头上画漂亮的画，再用他们建一座城堡。杨曦得意地向莫溪展示他捡来的一大堆光滑的石头，他的眼睛里闪着光辉。

莫溪呆呆地看着这个少年，不管生活待他如何，他都在描绘自己的梦。

直到黄昏，挨到放学的时候，莫溪才收拾了书包回家，那天是她第一次逃课。可是，那个下午，让她明白了很多她以前不明白的东西。比如，该如何面对那些莫名的中伤。

关于孟梓欣，莫溪感觉是做了一场梦。小镇的日光总是惨淡的，小镇的街市是沉默而肮脏的，孩子们有脆弱敏感的心，玩伤人的小把戏。河水

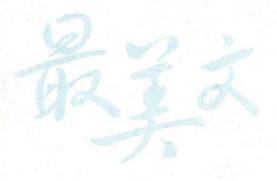

寂静温柔，带着时光的痕迹。还有母亲，憔悴而苍白美丽的母亲。莫溪感觉自己在长大，她的心可以盛下所有的悲伤了，再也不会哭泣，不会不知所措，因为这世界变得太快，没有太多的时间去悲伤。

那一日以后，莫溪再也没有看孟梓欣一眼，虽然她终究不明白孟梓欣为何那样待她，但是，已经不重要了。她要全心准备考试，要早一点离开小镇，带上母亲。难过的时候会去那件废弃的修理厂，多半能看见杨曦，他在画他的石头。

莫溪和杨勋以并列第一名的成绩考上了镇上重点高中的附属中学，只要不出意外，将来会直升城里的那所重点高中。

开学的那天，莫溪看到杨勋时并不意外。可是她同时看到的还有孟梓欣，她抱着她大大的绒线娃娃，坐在镇长的车里，公主一般优雅地走进校门。旁边的老师们热情地跟镇长寒暄，说镇长千金不仅漂亮而且聪明。

孟梓欣看到莫溪时，忙拉过她，对其中一位老师说，张老师，这是我的好朋友，叫莫溪，以前得过自闭症，您以后一定要多多照顾她啊。莫溪冷冷地甩开孟梓欣的手转身离开，身后传来镇长的声音，梓欣啊，以后别跟她一起啊，我看她是挺自闭的，别把我的宝贝女儿给带自闭了。

莫溪在听到这些言语时居然不再难过了。

她高高昂起头，走向自己的教室。

杨曦考得很差，读了镇上另一所初中。他依然会逃课去画他的石头，那些石头渐渐的都变成五彩缤纷的了，它们躺在破旧的修理厂里像是一群落魄的艺术家。

杨曦偶尔会来看莫溪，却并不找杨勋。

孟梓欣终于没有再为难莫溪了，她经常会到莫溪的教室门口喊杨勋一起去吃饭，莫溪忆起她曾说过，她是与杨勋一起长大的。

初中三年波澜不惊地过去了。

莫溪和杨勋顺利地升入了那所重点高中。只是这次考第一名的是莫溪，而不是杨勋，小镇的人们在议论着两个优秀的孩子时也不免觉得意外，杨勋居然不是第一。只有莫溪觉得一切都是理所当然的，她只知道她付出的努力有回报了。

莫溪去学校拿通知书的那天母亲很开心，她悲伤了许多年的眼睛终于有了光芒。六月的阳光那么亮那么暖，似乎整个小镇都一下子变得明朗起来了。

母亲温柔地摩挲着莫溪的头发，她的小小的女儿已经长得这么高这么漂亮了，可是她还穿着那么灰暗的旧衣服。母亲的心一下子就酸了，她把莫溪紧紧地拥进怀里。莫溪不知道母亲怎么了，但她恋这怀抱，温暖而安全，像是回到了婴孩时期，被羊水包裹着。

小溪，阿妈带你去买一件漂亮的衣服吧。母亲认真地说。

阿妈，不要啦，我这衣服挺好的啊。母亲不解地看着母亲。

母亲进屋里收拾了一下，锁好了门就拉着莫溪去了镇上唯一的一条热闹的街。

莫溪还是第一次这样认真地走在这条街上，以前都只是经过，并未做过多的逗留。小店的老板们一律都是满脸地笑容，有些人是认得母亲的，便夸莫溪聪明漂亮，莫太太好福气。莫溪礼貌地微笑，并不言语。

街道很有些拥挤，六月的天，闷热而潮湿，已经有苍蝇在飞了。家家门前都有一小堆垃圾，等待着收垃圾的老头儿来将它们带走。卖衣服的小店都很狭窄，里面的墙上全挂满了衣服，中间的架子上挂的也是衣服。那些款式老套的衣服全像没精打采的人一般，耷拉着脑袋等待着被带走。

转了一大圈儿，莫溪都没有看到中意的，很有些失望。母亲安慰她，一定会有一件漂亮的衣服在等待着她的美丽女儿的。

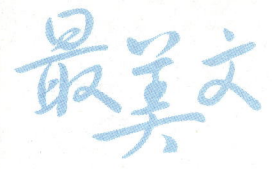

最后在一条小巷子中找到了一家小店，叫"公主的小屋"，里面卖的全部是颜色素雅的裙子，并不多，但都很精致，摆放得也很漂亮。小店在小巷深处安静得如一株静静开放的百合花。

莫溪看中了一条米色的长裙，设计风格简约大方，裙摆有波西米亚风格的花边，浅紫色的，与领口浅紫色的流苏遥相呼应。当莫溪从试衣间走出来的时候，母亲惊呆——她的女儿其实是一个公主，只是一直生长在那个荒芜的小院子里，被日子磨得灰暗了。

裙子的票价是280元，莫溪换下裙子后对母亲说，阿妈，我不要了，裙子有点小。

不小的，要了嘛，小溪，你穿那裙子好漂亮。母亲高兴地如孩子一般。

不要了，去别的店再看看啦。莫溪拉着母亲的手就往外走。

老板，多少钱啊，那裙子？我女儿要了。母亲急忙对老板说。

那裙子她穿着的确漂亮，原来卖280的，我只有两条，已被人买走了一条，这条等到主人了，就便宜卖吧，180块钱。老板微笑着说。

母亲并没有再还价，付了钱，拿了裙子，一脸的笑容。

那个暑假，莫溪开始跟着母亲学刺绣，细的线，细的针眼，细的心。莫溪开始觉得，生活其实就是一条细水长流的小溪，只是偶尔会碰到岩石，会碰疼，会溅起水花，可终究还是和缓了的。

这期间，杨曦来找过她，告诉她，他将要去一所职中学习汽车修理。不知从什么时候起，杨曦一下子长得那么高大了，当他站在莫溪面前时，莫溪感觉自己被笼罩在他的影子里。他离开时，莫溪突然觉得心里有浓得化不开的惆怅，看到杨曦的背影，她再次感到了那种熟悉的孤单。

过完了漫长而闷热的暑假后，开学的日子到了。

那天莫溪穿上了她的新裙子，公主一般优雅。

报名的时候看到了孟梓欣，莫溪已经不感到意外了，她有个当镇长的爸爸。让她意外的是，孟梓欣穿着与自己一模一样的裙子，她那张骄傲的漂亮脸蛋儿上此刻挂满了泪水。杨勋僵硬地递着纸巾，她狠狠推开，转身，却看到公主般耀眼的莫溪。

孟梓欣猛然之间怔住了，再也挪不动脚了。这个有自闭症的女孩，有着令人羡慕的成绩的女孩，曾被自己玩弄的女孩，穿着与自己一样漂亮的裙子，公主般站在自己面前，并且拿着那张可恶的录取通知书，她将要和杨勋同班，还有可能又是同桌。

孟梓欣感到了自己的狼狈，她擦了一下眼泪，咬着下唇，骄傲地从莫溪身边走过去了。在擦身而过的那一瞬间，她的凉鞋不着痕迹地从莫溪的左脚小趾上踏过去了。钻心的疼痛让莫溪倒吸了一口凉气，她仍懵在那里，孟梓欣看她的眼神充满了怨恨，这怨恨如她骄傲而美丽的脸上的泪水一般令莫溪费解。

莫溪，你也来报名啊？杨勋走过来问道，脸上还有尴尬的神色。

莫溪猛然反应过来，却只是笑了一下，便钻进人群里排队报名。对于杨勋，她不想有太多的言语，这个骄傲的男生！虽然他有着一张与杨曦一模一样的脸。

杨勋看着莫溪的背影，心突然疼了起来。他相信了杨曦，他那倔强而善良的弟弟，他说，莫溪是小镇上最好的女孩。是的，其实她是公主，在庸俗破旧刻板的小镇莫溪是个真正的公主，她有着与小镇人不一样的灵魂，只是他以前没发现而已。

高中是一个新的开始，莫溪闻着陌生的空气，突然之间很想有一个新的自己，她想要变得明媚，不再像从前那样，世界里只有她自己。十六岁该是明媚的，像身上的裙子一般清新的。

与杨勋又在一个班里，他不再像从前那般骄傲了，经常会叫莫溪一起去吃饭。偶尔莫溪会去，话题总是围绕着杨曦的，然而杨勋对杨曦了解的

并不多,他们在一起的时间很少。

十月末是莫溪的生日,杨勋邀她放假时去家里玩,说到时候杨曦要回来。

放假那天杨勋帮莫溪拿东西,他们是一起回的家,莫溪去了杨勋的家。第一次去别人家里,还是男生家里,莫溪有些害怕,可是,她发现自己居然如此想念杨曦,想念到心口微微的疼。

杨曦比他们早一天放假,所以早早地就准备好了等在门口接他们,看得出来杨曦是高兴的。杨曦的爸爸妈妈热情地接待了莫溪,杨曦的家很大,比莫溪想象中的样子还要大。杨曦早就摆好了各种零食在茶几上,只等莫溪的到来。

杨曦说,今天是特别为莫溪过生日的,爸爸妈妈听说莫溪与杨勋杨曦都曾做过同学,很高兴。

莫溪局促不安地坐在沙发上,她只是想问问杨曦的情况然后就回家,妈妈一定在等自己。然而杨曦要留她吃过午饭再走,看得出来,杨曦的爸爸妈妈都是很好的人,杨曦过得还算幸福。可他为何要那样说他的爸爸妈妈呢?莫溪有些不解,她的心突然有些乱了。

孟梓欣会来是莫溪完全没有想到的,而当孟梓欣看到莫溪时也吃了一惊,可她马上就微笑着过来拥抱了莫溪,笑着说,真没想到你也会来哦。

杨曦妈妈爱怜地拉住孟梓欣的手说,想死我了哟我的宝贝干女儿,在学校还好吗?杨曦有没有欺负你啊?

看得出来他们是很熟悉的,原来孟梓欣并没有上重点高中,而是跟杨曦一样上的职中。

这时杨曦嚷道,梅姨,分蛋糕吃啦,今天是专门给莫溪过生日的啊。

孟梓欣惊呼道,原来是莫溪的生日啊,我真是好运气哦,一来就有蛋糕吃。

莫溪站起身说，我妈还等着我回家吃饭呢，我要回家了，今天谢谢叔叔阿姨。

吃完蛋糕再走嘛。杨曦和杨勋异口同声地说。孟梓欣撇了撇嘴巴。

莫溪愣愣地站着，杨爸爸过来拉她坐下，开始分蛋糕，省了那些程序。孟梓欣热情洋溢地讲着学校里发生的各种事情，还说有小女生给杨曦写情书。杨妈妈开心地看着孟梓欣，像是看着自己的孩子一般，莫溪忽然想起母亲看自己时的眼神。

莫溪随便吃了几口蛋糕便匆匆走了，逃也似的。

杨曦赶出来送她，他的眼睛里弥漫着忧伤，莫溪第一次注意到。两人一前一后沉默着走了一段路，杨曦终于开口了，莫溪，你在学校还好吗？

莫溪的心温柔地疼了一下，眼前的男孩不再是那个天真的小小少年了吧？他羞涩而不善言谈了，他不会给她讲他的那些石头了。其实莫溪一直想知道那些石头被画成了什么样子，他的城堡垒起来了吗？莫溪只觉得心里愁肠百结，却不知为哪般。

杨曦紧张地问，怎么了呢？

杨曦，其实你有一个很幸福的家，你跟我一点都不一样。你看你都不会给我讲童话了。莫溪的声音在十月的风里是稀薄的。

杨曦错愕地看着莫溪，他突然之间觉得莫溪的眼神是如此陌生。

莫溪只想要回到家里，这一刻，她是如此想念母亲，想念家里的那个破旧的小小院落。十六岁生日这天，她的心被一种温柔的悲伤灌满了，很沉很沉。她能够那么清晰地感觉到杨曦在她身后无奈而难过的眼神，只是她无法回头。她看见了杨曦的幸福，可是这幸福却让她难过得要命。

杨曦看着莫溪的背影，他想，她一直是如此骄傲而脆弱的吧。

母亲早已备好了饭菜站在门口等莫溪回来，看见莫溪时，她的眼睛里盛满了秋天的阳光。

秋天的院落总是格外萧条的，那些在春天里占据了一整面墙的叶子都

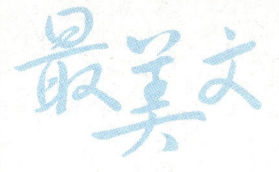

枯槁了，只剩些褐色的藤蔓还执拗地爬在墙上，似一张巨大的网。莫溪看着母亲忙碌的背影，她的背已经有些驼，她越来越瘦了，单薄得似一片挂在枝头的叶，随时都有可能落下来一样。

莫溪又开始缠着母亲教她刺绣，孩子一般地缠着，她喜欢这样的感觉，长不大似的，没有悲伤。

在家里的两天时间很快就过去了。

返校后，杨勋给莫溪带了一封杨曦写的信。杨曦说，莫溪，你以后不会再孤单了，因为我会陪你，即使我不在你身边，我也会为你祈祷的。还记得个橙色的暖手袋吗，我早就给你摘了一颗小小的太阳。

莫溪泪流满面，她终于知道是谁在三年前的那个冬天给了她满满的期待。

可是她没有看见身后杨勋落寞的脸。

高二分了文理科，莫溪选的文科，杨勋也选的文科，在莫溪的印象里，杨勋的理科科目比自己强很多，又是男孩子，为什么要读文呢？莫溪建议杨勋转到理科班去，杨勋没有说什么。

孟梓欣来找莫溪是在九月末，空气里还残留着夏天的余热。

孟梓欣如同六年级的那个春天一般，温柔地喊莫溪的名字，拉住她的手。莫溪有些不知所措，却也并没有挣开。她不明白孟梓欣怎么了，也不明白自己怎么了。当孟梓欣拉住她的手的时候，她忽然间觉得他们已经长大了，很多事情都不要再计较了吧。

孟梓欣要带莫溪去吃冷饮。

她们去的是学校附近的冰激凌屋，孟梓欣点了两份草莓味的冰激凌，要了两杯芒果奶茶。

她脸上依然是甜美的笑容，莫溪，都是我爱的口味，不过我觉得你也会喜欢，因为我一直认为我们是一样的人，骨子里都有着一样的骄傲。想要的东西会努力去争取，你看就连这小镇上两条绝版的裙子都被我们选了。

莫溪有些迷惑，她不明白孟梓欣为什么要这么说。

我喜欢杨勋，从小到大。孟梓欣突然说，她美丽的大眼睛里掠过一丝难过，但脸上仍是骄傲的表情。

莫溪有些发愣，茫然地说，这个与我没有关系吧。

与你有关系！孟梓欣的声音提高了，我学习成绩从小就不好，我不爱学习，学校都是爸爸给我安排好了的，我不用操什么心。可是你们的高中我进不了，我以前以为我要什么都可以的，原来有些东西我要不来，比如杨勋，比如你们学校的学生的身份。

莫溪看着孟梓欣的脸，觉得她的骄傲其实是那么脆弱。

还记得你们报名那天吗？孟梓欣抬起头来看着莫溪，那天他让我以后尽量别来学校找他，他说他要好好学习，见鬼！我们从小玩到大我都没影响过他学习，到高中我反而倒影响他了！就因为我现在上了一职中！

也许还有其他原因吧，莫溪试图安慰她。

对呀，原因就是，他听了杨曦的话，喜欢上你了！！孟梓欣难过地叫道。

孟梓欣，不要乱猜，我不想被你们卷进来。莫溪有些厌烦地说，她仍记得六年级的那个愚人节。

杨曦说他要走了，他要杨勋好好照顾你，他说杨勋可以给你未来，他说你是小镇上最好的女孩子！孟梓欣的眼泪几乎要流出来了。

杨曦要走了？莫溪的袋嗡了一下，去哪里？

反正就是要走了，鬼才晓得要去哪里。你喜欢他对吧，你去告诉杨勋好吗？说你喜欢杨曦，不然就来不及了。孟梓欣急急地说。

莫溪扔下孟梓欣，冲出了冰激凌屋。杨曦要走了，他会去哪里呢？为什么没有告别，就把自己扔给了杨勋那个骄傲的男生？莫溪慌乱地去街口打车，她要找到杨曦，她要问明白。杨曦说过的，以后会陪她，不让她

孤单。

莫溪赶到废弃的修理厂时已是下午了。

一切都还是当初破旧的样子,只是荒草生得更多了。莫溪走进里间,被眼前的景象惊呆了。房子中间是用五彩缤纷的石头垒成的城堡,那些石头鲜活明亮得如同梵高的星空,墙上的涂鸦全是莫溪的画像,画得很夸张,全是笑着的。

墙角有小小的字:莫溪,很小很小的时候就觉得你是与其他小孩不一样的女孩,因为你只有趴在莫老师肩膀上的时候才会笑,其余时候你都不笑。我喜欢跟在你们后面,看着你们回家,就会觉得幸福。我的妈妈是个善良的疯子,她会把断了一条腿的猫抱回家,我的舅舅是个善良的酒鬼,他会让我整日在他的修理厂里胡涂乱画。但小镇不属于我,我要去找个画画的好地方;小镇也不属于你,你要好好学习,早点离开,杨勋会陪你考大学的。有一天我会回来,带我的母亲去一个美丽的地方,小镇上的人都不相信母亲有孩子,没有人肯让我承认她是我的母亲,就连我的外婆都不让我认她是我的母亲。那些石头都在这里了,它是我送给你的城堡。

那年的冬天,小镇下了一场前所未有的大雪。整个小镇都被洁白的雪包裹着,所有灰暗的颜色都消失了,所有肮脏的棱角都成了光滑的弧线。那些掉光了叶子的树立在茫茫的洁白的小镇街边,河岸边,房屋边,竟显得如此苍凉。小镇终于沉默得像个高贵的诗人一般,浮华匿迹。

在那场大雪里,小镇上的一个女疯子失足跌入了小镇上唯一的那条河里,尸体一直没有找到。

有人说那个女疯子在那天一直念叨着她的儿子,她是为了去找她的双胞胎儿子而掉进河里的,可是传说她是没有儿子的。

莫溪是听母亲说的,母亲的声音很悲伤,她说,那个女人真的可怜啊,一直到死去的时候都没人相信她。

莫溪问，阿妈，你信她有儿子吗？

母亲的眼睛里竟滚出泪来，一个女人即使疯了一辈子也会记得自己的孩子的，她是有孩子的。

莫溪的心惶然的疼。

杨曦会在哪里呢？

世界也许一直都不是荒芜的，只是心里搁不下太多繁华。

莫溪总是会想起在小镇的时光，疼痛的，温暖的时光。

莫溪考了很好的大学，她带着母亲离开了小镇。杨勋出人意料地考得很差，镇长为他在小镇上安排了工作，有些事情的发生总是找不到原因。莫溪不知道杨曦有没有再回小镇，只是她的心里从此以后就有了一个疼痛的结。

后来听说孟梓欣嫁给杨勋了，杨妈妈一定很开心吧。莫溪没有去参加婚礼，他们举行婚礼的时候，莫溪正在缠着母亲教她绣鸳鸯枕头，27岁的时候她又想做回孩子，只是母亲的眼睛已经不能再刺绣了。

（原载《语文报》2013年第22期）

因为爱过，所以不会成为敌人；因为伤过，所以不会做朋友，只能做最熟悉的陌生人。爱过知情重、醉过知酒浓，关于爱的记忆，应该好好收藏。只是今后的幸福，要各自去寻找。